Les INTRA TERRESTRES

ZAZOU

Les INTRA TERRESTRES

Manu Causse
Félix Rousseau

talents hauts

Pour Soazig, qui comme l'océan se retire à la plage, Laurence, Justine, Élise et les Talents hauts s'associent à moi pour te souhaiter d'innombrables années de douceur, de rire, de plaisir, de lecture et de passion

— merci pour tout.

M. Causse

À mes parents qui ont longtemps supporté mes tas de sochettes sales et ma hiboux chouette qui les supporte aujourd'hui.

F. Rousseau

Conception graphique : Marie Rébulard et Florence Boudet
Mise en page : Élodie Breda
Photogravure : RVB Éditions – Montrouge

ISBN : 978-2-36266-205-8

Loi n° 49-956 du 16 juillet 1949 sur les publications destinées à la jeunesse

Dépôt légal : juin 2017

Prologue

– Crux ?

– Koissa, Purux ?

– Keskonféla, Crux ?

– La-oussa, Purux ?

– La-issi. Keskonféla, issi, quoi.

– Sépa, Dux. Zon'éla, épivoilà.

– Dakordakor.

Un silence.

– Mé euh, Crux ?

– Koissa encore, Purux ?

– Onéla, dakor, mais euh… pourkwa ?

– Pourkwa quoi ?

– Pourkwa konéla ?

– Aaaaaaaah. Grosse kestion, oui ? Pourkwa la vie, pourkwa le temps, le destintin, kuisuijouvèje, toussa toussa ?

– Ben, euh…

– Alors jvét'dire, Purux : z'onsépa. Z'on sépatou, tussé. Sélavie et toussa toussa. Voilà. Sava, là ? Tatoupijé ?

– Euh…

– Allé sut, maintnan. Pas ferdebruit.

Un autre silence.

– Mé, euh, Crux…

– Koissa encore, Purux ?

– Enfète…

– Vazyakouch, Purux !

– Je voulé savoir koikonfélà, issi dans le noir, sans bouzer.

– M'enfin, Purux, satussé bien ! Z'on attend. Z'on attend les sochettes.

– Vi… mézaprès, Crux ?

– Zaprès ? Zaprès, z'on laisse les kados, z'on prend les sochettes, z'on ramène les sochettes, z'on plie les sochettes, et z'on les zanpile. Zusqu'au zour où le mont des sochettes sera assého.

– Assého pourkwa ?

– Mézenfin, tuslébien ! Assého pour toucher le chiel.

– Adakor. Dakordakor. Mé, euh…

– Koi zenkor, Purux ? Tu m'agassunmax, Purux !

– Koikonfera quand zon touchera le chiel ? A koissasserdonc, toussa ?

Cette fois, le silence ne dura pas longtemps : il fut brisé par le claquement reconnaissable entre mille d'une bonne gifle.

– Aïe, Crux ! Safémal !

– Fermtagrossbouch, Purux.

Et ce fut tout.

Pardon : éssefutou.

CHAPITRE 1

Le vestiaire de la terreur galactique

Qui aurait cru que le plus mystérieux secret du monde se trouvait caché au fond des vestiaires du pensionnat Nicodème Grigoux ?

Pas Titouan Châtaigne. Parce que pour tout dire, Titouan Châtaigne ne se posait pas ce genre de questions. Il avait souvent la tête ailleurs : Titouan Châtaigne aimait lire. À tel point que le soir de décembre où il se rendit compte qu'il risquait fort de passer deux semaines en short et T-shirt dans une cave humide et glaciale, il se consola en pensant qu'il lui restait à lire une aventure inédite de *Junior Jones de l'espace*, son feuilleton préféré, qu'il venait tout juste de recevoir par la poste.

Il l'avait reçu le matin même, mais le numéro avait déjà quelques mois – en fait, c'était celui de septembre. En effet, au pensionnat Grigoux, le courrier mettait beaucoup, beaucoup de temps à arriver. Il fallait toujours attendre six ou sept semaines pour qu'une lettre vous parvienne. Si on recevait par exemple une carte postale qui annonçait « Nous t'appellerons lundi. », on pouvait être certain que, six ou sept lundis plus tôt, peut-être davantage, l'unique téléphone de la pension Grigoux avait sonné. Et sonné encore. Et que personne n'avait décroché.

Bien sûr, ailleurs dans le monde, il existe des téléphones portables, des ordinateurs, des e-mails et des tas d'outils formidables pour communiquer ; et bien sûr, dans d'autres pensionnats du monde, on trouve quelqu'un pour décrocher le téléphone et venir vous prévenir que vos parents ont trouvé cinq minutes dans leur emploi du temps surchargé pour vous téléphoner. Mais au pensionnat Grigoux, rien de tout cela.

Le personnel du pensionnat se composait en tout et pour tout de Monsieur Grigoux, le directeur, et de Madame Mégère, qui cumulait les fonctions de concierge, secrétaire, cuisinière, jardinière, lavandière et tout un tas de mots en –ière. Elle était également professeure de français, anglais, mathématiques, histoire et allemand, bien qu'apparemment elle ne connaisse pas un mot de cette langue. Bref, c'était une femme à tout faire, tandis que, de l'avis général, Monsieur Grigoux, lui, n'en faisait pas beaucoup.

Le troisième larron de cette équipe éducative avait pour nom Monsieur Malemort, et il ressemblait étrangement à l'idée qu'on se fait d'un vieux, très vieux vampire : chauve, sourcils épais qui se rejoignaient sur son front, oreilles étrangement pointues et lèvres minces. Monsieur Malemort était professeur de gymnastique.

Il régnait sur les vestiaires – apparemment, il n'en sortait jamais.
Le terme « vestiaire » peut pousser à imaginer des installations modernes et lumineuses, avec des bancs, des douches et du carrelage blanc partout. Les vestiaires du pensionnat Grigoux n'avaient rien de moderne. Ils étaient vieux et sombres et sentaient le moisi. Ils se situaient au sous-sol, dans la cave du pensionnat. On y descendait par un escalier sombre ; un long couloir menait ensuite à une pièce obscure, éclairée par une unique ampoule jaunâtre au plafond. Deux pommeaux de douche, qui gouttaient en permanence, laissaient filtrer un filet d'eau glacial. Il n'y avait ni chaise ni banc ; on s'habillait debout, les pieds sur le béton humide. Ceux qui ne se montraient pas assez rapides pour accrocher leurs affaires à l'un des rares crochets fixés dans le mur lépreux en étaient réduits à les poser par terre, où elles prenaient cette odeur de moisi caractéristique des vestiaires

du pensionnat et, il faut bien le dire, de Monsieur Malemort lui-même.

L'année d'avant son entrée à la pension Grigoux, Titouan Châtaigne avait pratiqué le basket-ball, le handball, le volley et même la natation et le trampoline avec ses amis Hector, Rosin, Alexis et les triplettes – trois sœurs triplées nommées respectivement Chloé, Louisa et Mathilde. Tous les sept, dans la classe de leur maîtresse Madame Michelle, ils avaient passé une année excellente. Ils s'amusaient tant (tout en restant très sages, bien entendu) que Titouan Châtaigne, pour la première fois depuis qu'il savait lire, avait parfois délaissé ses chers romans pour aller jouer avec ses amis. En plus de la lecture, il avait ainsi appris à aimer le sport.

Mais le sport selon Monsieur Malemort, c'était tout autre chose. Pour lui, il n'existait qu'une seule activité physique digne de ce nom : la course à pied. Quand les élèves étaient changés – short sombre, T-shirt blanc et chaussettes appariées pour tout le monde (sinon, c'est huit heures de colle) –

Monsieur Malemort les faisait sortir dans la cour du Pensionnat Grigoux, juste devant les vestiaires. Il s'arrêtait au seuil de son domaine et lançait :

– Et maintenant, au pas de course !

Et c'était tout. Qu'il pleuve, qu'il vente ou qu'il neige, les élèves devaient courir comme des dératés pendant une heure – et pas question de ralentir ! Au moindre essoufflement, le sifflet de Monsieur Malemort s'élevait, strident, et le malheureux coureur était bon pour un tour supplémentaire. Quand la cloche sonnait, tout le monde rentrait au vestiaire. Les plus courageux affrontaient le jet glacé des deux malheureuses douches. Les autres se contentaient de changer de vêtements avant de retourner en cours. Tous avaient pour instruction de laisser leurs affaires sales dans un long casier métallique qui occupait tout un mur du couloir – et dont, comme on l'imagine, il émanait une odeur indescriptible, inénarrable, indicible, bref, une odeur à faire vomir un alien mangeur de glourk.

Et c'est dans ce vestiaire lugubre, tout près de ce casier métallique au contenu nauséabond, que Titouan Châtaigne se retrouva enfermé un vendredi soir de décembre, le jour des vacances. Tout ça à cause de l'abominable Cédric Ceinture.

CHAPITRE 2

L'abominable Cédric Ceinture

Quelques semaines avant que ne commence cette aventure, plus précisément au début des vacances d'été, Madame Châtaigne avait déclaré à son fils Titouan :

– Ton père et moi avons réfléchi : tu as besoin de changer d'école. Nous avons décidé que tu allais sauter une classe pour entrer en sixième. Mais ce sera dans un établissement spécial pour les enfants surdoués comme toi !

L'idée de quitter son quartier et surtout ses amis n'avait pas beaucoup plu à Titouan Châtaigne.

– Vous êtes sûre, Maman ? (Car oui, les parents de Titouan Châtaigne exigeaient qu'il les vouvoyât). Je crois que je préférerais rester dans mon école avec Hector, Alexis, Rosin et les triplettes…

Sa mère avait froncé les sourcils :

– Tu discutes, Titouan ?

Titouan Châtaigne avait secoué la tête, piteusement. Depuis sa plus tendre enfance, il avait appris quelque chose : ne JAMAIS discuter avec sa mère.

– Écoute-moi bien, jeune homme : un garçon intelligent comme toi ne peut pas rester dans une école aussi banale que la tienne. Quant à tes amis…

Elle n'avait pas continué, mais son expression méprisante montrait tout le mal qu'elle pensait des triplettes, de Rosin, d'Hector et d'Alexis.

– Donc, c'est décidé, avait-elle conclu. L'année prochaine, ce sera le pensionnat Nicodème Grigoux.

Titouan Châtaigne avait lu depuis longtemps tous les romans de la série *Harry Potter*. Au mot de « pensionnat », il avait imaginé une immense école comme Poudlard, avec de vastes pelouses et des escaliers en bois, où l'on passerait d'un donjon à une tour avant de rejoindre des dortoirs magiques garnis de lits anciens.

Ancien, le pensionnat Grigoux l'était, mais au sens de *vétuste*. Les plafonds étaient tachés d'humidité, les murs s'effritaient, les portes s'ouvraient mal et se fermaient plus mal encore ; les rares radiateurs ne fonctionnaient pas et les fenêtres, bien que minuscules et trop haut placées, laissaient passer d'incessants courants d'air.

C'était d'ailleurs à se demander comment Nicodème Grigoux avait pu concevoir un jour l'idée de fonder le pensionnat qui portait son nom. Toutefois, avant de s'interroger sur les motivations de cet homme, il aurait fallu savoir quelle mouche piquait les pères et les mères qui décidaient un jour de confier leur progéniture aux bons soins de Nicodème Grigoux.

Ce qui se passait dans leur tête devait ressembler à ça :

« Tiens, nous avons un fils de onze ans et nous le détestons. Il est gros et gras et méchant et stupide, nous aimerions bien nous en débarrasser – sans compter qu'il nous coûte cher en nourriture et qu'il nous empêche de sortir le soir. C'est décidé, nous allons l'envoyer en pension ».

À ce stade, les parents se grattaient la tête :

« Oui, mais comment trouver l'établissement idéal ? Celui où notre enfant sera suffisamment loin de nous pour qu'on ne l'ait pas dans les pattes tous les week-ends, et où nous n'aurons pas à nous inquiéter de lui écrire, de lui téléphoner ou d'aller le chercher ? Et qui nous coûtera le moins possible de notre précieux argent ? »

La réponse apparaissait alors d'elle-même :

« Mais c'est bien sûr ! On l'envoie chez Grigoux. »

Le pensionnat Grigoux était célèbre dans le pays entier et même au-delà. Bien entendu, l'établissement ne se vantait pas de sa crasse, de ses chambres glaciales, de ses lits branlants, de ses classes obscures et de ses (deux) professeurs incompétents. Les brochures promettaient seulement une « éducation à l'ancienne », « bien dans les traditions », qui « forgeait le caractère de futurs adultes responsables ». Et, sans doute pour flatter le client, le prospectus ajoutait que le pensionnat Nicodème Grigoux était « réservé à l'élite et aux surdoués ».

Surdoué, Ludovic Rémoulade, le compagnon de chambre de Titouan Châtaigne, l'était peut-être, mais seulement dans des matières peu scolaires comme l'engloutissement de pâtes, le ronflement nocturne et la flatuosité. À part cela, dans la mesure où, à presque dix-sept ans, il redoublait sa sixième pour la sixième fois, on ne pouvait guère le soupçonner d'appartenir à une quelconque élite intellectuelle. Toutefois, Ludovic Rémoulade, pourvu qu'il ait avalé sa triple ration de pâtes quotidienne et qu'on ne lui tienne pas rigueur des odeurs et des bruits qui émanaient de lui au cours de son sommeil, était un garçon tout à fait agréable, ou, pour mieux dire, pas trop méchant. Rien à voir, par exemple, avec l'abominable Cédric Ceinture.

La première fois que Titouan Châtaigne avait croisé Cédric Ceinture, il s'était littéralement cogné à lui. Il faut dire que, comme à son habitude, Titouan Châtaigne lisait en marchant. Complètement absorbé par le numéro de juin de *Junior Jones de l'espace* (celui où le Gah'mörk attaque la galaxie), il ne remarqua pas que, dans le couloir devant lui, tous les élèves s'écartaient soudain et se plaquaient contre les murs, exactement comme un banc de petits poissons s'écarte devant un requin affamé. Du requin, Cédric Ceinture avait les yeux et le sourire carnassier. Titouan Châtaigne découvrit ces yeux et ce sourire après s'être cogné contre lui. Il dut lever la tête, car Cédric Ceinture était grand, très grand, et très maigre. Un requin, oui, ou un squelette au regard luisant de méchanceté.

« Ouille », avait pensé Titouan Châtaigne, car il savait repérer les ennuis, surtout quand il fonçait dedans la tête la première.

Le requin-squelette avait levé un sourcil méprisant :

– Tiens, tiens… qu'est-ce que c'est que cette crotte de mouche ?

Un jour, dans un des innombrables livres qu'il avait parcourus, Titouan Châtaigne avait lu qu'un comportement amical et ouvert désamorce souvent l'agressivité, chez les hommes comme chez les bêtes féroces. Il s'était forcé à sourire et à tendre la main.

– Je m'appelle Titouan Châtaigne, et je suis nouveau. Désolé de t'avoir bousculé. Comment t'appelles-tu ?

Au lieu de lui répondre, Cédric Ceinture avait éclaté d'un rire sinistre :

– Voyez-vous ça. Châtaigne-la-châtaigne, est-ce que tu vis dans une bogue ? Est-ce que tu piques de partout ? Et si je t'écrasais sous mon talon ?

Cédric Ceinture n'était certainement pas un surdoué de la blague ou de la moquerie. Toutefois, dans le couloir silencieux, quelques rires s'étaient élevés – les rires effrayés, polis, obséquieux, des élèves ravis que le requin s'en prenne à un autre poisson qu'eux.

Titouan Châtaigne ne manquait ni de courage – il prenait exemple sur Junior Jones de l'espace – ni de répartie. Il pensa répondre « Essaie un peu de m'écraser ! »

Mais vu la façon dont Cédric Ceinture s'avançait vers lui, le poing déjà levé, il considéra qu'il valait mieux ne rien dire du tout.

C'est alors qu'une voix aigre et criarde avait résonné dans le couloir.

– Châtaigne ! Arrêtez d'embêter Cédric Ceinture ! Vous voulez vraiment vous faire remarquer dès votre premier jour ?

C'était Madame Mégère, son cartable sous le bras. Elle avait ajouté :

– Vous me copierez trois cents fois : « Je

n'importunerai pas mes camarades avant d'entrer en cours », pour demain.
Cédric Ceinture s'était éloigné avec un ricanement de triomphe d'autant plus que, Titouan Châtaigne s'en rendit compte, il venait de lui subtiliser le numéro de juin de *Junior Jones de l'espace*. Titouan avait aussi compris qu'il ne servirait à rien de vouloir le récupérer.
Ce soir-là, dans sa chambre où Ludovic Rémoulade ronflait comme un croiseur galactique au décollage, Titouan Châtaigne avait bien failli se mettre à pleurer. Pas seulement à cause de l'épisode survenu avec Cédric Ceinture ni de la punition injuste dont il avait écopé, mais aussi parce qu'au moment de se coucher, après avoir fait ses devoirs et recopié trois cents fois une phrase idiote, après avoir tenté d'avaler le repas immonde servi au réfectoire, il avait découvert que ses biens les plus précieux – à savoir sa pile de numéros de *Junior Jones de l'espace*, sa lampe de poche secrète et la couverture en laine

multicolore que lui avait tricotée sa grand-mère – avaient disparu.

Inutile de demander où étaient passés les trésors de Titouan Châtaigne : dès le lendemain, Cédric Ceinture racontait à qui voulait l'entendre le détail de l'intrigue de *Junior Jones contre le docteur Magglork* (le numéro de février, le préféré de Titouan Châtaigne) et se vantait d'avoir passé la nuit bien au chaud à lire sous sa couverture.

– C'est ma couverture, c'est ma lampe, c'est mes *Junior Jones* ! avait osé protester Titouan Châtaigne, à qui le chagrin et la colère faisaient oublier toute prudence.

Cédric Ceinture s'était lentement tourné vers lui.

– Tu me traites de voleur, sale petite bogue ? Tu ne tiens pas à ta vie ?

Au même moment, et comme par enchantement, Madame Mégère s'était matérialisée tout près d'eux.

– Châtaigne, encore en train d'importuner Cédric ? Où sont vos trois cents lignes pour aujourd'hui ? Vous en voulez autant pour demain ?

À regret, il avait tendu les feuilles de sa punition à la professeure de français (et de mathématiques, et d'histoire, et d'anglais, et d'allemand même si elle n'y connaissait rien) et l'avait suivie en classe. Au moment où il y entrait, Cédric Ceinture lui avait lancé :

– Je ne t'ai rien volé, Châtaigne. Juste emprunté… de façon définitive.

Et pendant les quatre mois qui avaient suivi, pas un jour ne s'était écoulé sans que Cédric Ceinture, le requin-squelette-hyène-glourk, ne trouve un moyen d'importuner, asticoter, ennuyer, agacer, harceler Titouan Châtaigne. Il lui avait joué les pires mauvais tours – jusqu'à ce jour où il l'enferma dans les vestiaires le soir des vacances de Noël.

Pourtant, ce matin-là, tout avait bien commencé pour Titouan : comme un cadeau anticipé, le numéro de septembre de *Junior Jones de l'espace* avait enfin fini par arriver au courrier. Il s'intitulait *Le vortex mécanogalactique.* Sur sa couverture on voyait Junior Jones en combinaison spatiale, perdu dans un gouffre intersidéral, approchant d'une sorte de bouche béante et menaçante qui s'ouvrait dans le vide devant lui. Toute la journée, Titouan Châtaigne s'était imaginé le moment où, enfin, il ouvrirait le livre pour découvrir l'histoire.

Cette pensée lui avait fait battre le cœur toute la journée – une journée qui lui avait paru interminable, jusqu'au moment où il se retrouva dans le vestiaire, à enfiler son T-shirt blanc, son short noir et ses chaussettes (les dernières, dans son placard, qui ne soient pas dépareillées).

– Plus que deux heures, songea-t-il. Deux heures à courir, et ce trimestre pourri sera fini.

Comme il se méfiait de Cédric Ceinture, Titouan Châtaigne ne laissa pas le *Junior Jones* de septembre dans le vestiaire pendant le cours de gym. À la place, il le glissa sous son T-shirt, dans l'élastique de son short. C'était peu pratique, parce que le magazine pouvait tomber à tout moment. Sans compter que la transpiration risquait d'endommager la couverture. Mais en le sentant là, tout contre sa peau, Titouan Châtaigne souriait et pensait qu'après tout – malgré Cédric Ceinture, malgré Ludovic Rémoulade, Monsieur Malemort, Madame Mégère et ce fichu pensionnat Grigoux – la vie était belle.

La perspective de sa lecture le remplissait de tant d'enthousiasme qu'au moment où Monsieur Malemort lança le coup de sifflet qui marquait la fin de l'heure, tandis que les autres élèves se précipitaient à la queue leu leu dans l'escalier, puis le couloir, il resta un tout petit peu à la traîne ; il décida même de s'arrêter, rien qu'une seconde, et de se cacher à côté du casier métallique où déjà les autres jetaient en boule leur tenue de sport sale ; il pensa qu'il pouvait s'accroupir dans l'obscurité et profiter d'un maigre rayon de lumière jaune pour admirer (oh, un coup d'œil seulement, ne serait-ce que pour s'assurer qu'elle n'avait pas trop souffert du contact de sa peau et de sa transpiration) la couverture de son *Junior Jones de l'espace*.

Dans cette obscurité, la bouche du vortex mécanogalactique était plus menaçante encore ; il ne put s'empêcher de soulever un peu, un tout petit peu la couverture, pour découvrir la première page. Pas pour la lire, non, la regarder

– et juste la première page. Mais la première case attira son regard et…

Ce fut le silence qui le tira de sa lecture – qui avait largement dépassé la première page. Quand Titouan Châtaigne leva la tête, le couloir devant lui était désert.

Pris d'une inquiétude subite (Monsieur Malemort n'aimait pas les traînards), il se précipita vers le vestiaire… pour le découvrir entièrement vide. Où était son sac ? Il fouilla la pièce du regard. En vain. Pourtant, il avait posé ses affaires juste là !

Entendant un bruit derrière lui, il se retourna. Dans l'encadrement de la porte, il découvrit Cédric Ceinture qui le regardait avec un sourire mauvais.

– Dis-moi, tu n'aurais pas vu mon sac ? lui demanda Titouan.

– Bien sûr. Il est par là, répondit l'autre en désignant le recoin le plus noir du vestiaire. Je l'ai vu tout à l'heure.

Au même moment, à l'autre bout du couloir, en

haut de l'escalier, Monsieur Malemort lança de son ton sépulcral :

– Tout le monde est sorti ? Pas de lambins, pas de traînards ?

– J'arrive ! lança Cédric Ceinture.

Et, avant de s'éloigner :

– Bonnes vacances, Châtaigne-la-châtaigne.

– Euh... bonnes vacances, Cédric, répondit Titouan, un peu surpris de cette amabilité.

Il s'avança vers le recoin sombre sans parvenir à distinguer son sac ; et au même moment, à l'autre bout du couloir, il entendit à nouveau la voix de Cédric Ceinture, qui s'adressait à Monsieur Malemort pour lui dire :

– Tout le monde est sorti, Monsieur, j'ai vérifié pour vous. Bonnes vacances !

Titouan Châtaigne n'eut même pas le temps de crier.

La lumière s'éteignit. Puis le bruit de la porte qui claque, de la clé que l'on tourne. Ensuite... plus rien. Titouan Châtaigne s'élança dans le couloir plongé dans l'obscurité. Il se cogna au mur, au casier métallique, se fit sans doute pas mal de bleus et de bosses, mais il s'en fichait – il courut à toute vitesse, grimpa quatre à quatre les marches de l'escalier, tenta de manœuvrer la poignée de la porte.

Rien.

Alors, il se mit à tambouriner de toutes ses forces sur le panneau métallique.

En vain.

Il faillit hurler, mais se retint ; à la place, il tendit l'oreille. Des bousculades et des cris, de plus en plus lointains ; le bruit poussif du moteur de l'autobus qui menait tous les pensionnaires à la gare ; la pétarade du scooter antique de Monsieur Malemort ; puis le ronronnement de la luxueuse berline de Nicodème Grigoux – qui ramenait toujours Madame Mégère chez elle le soir.

Et puis plus rien.

Interlude

– Z'on y va, Crux ?

– Pazankor. Z'onatan.

– Pourkwa ? Ifé noir, sélemoman !

– Z'on bouge pas, j'ai dit ! Entendutruc.

– Keltruc, Crux ? Moi j'entends rinkedal.

– Chuttétoi. Mé si, z'écoute. Safé snifsnif. On dirait des gouttes.

– Sévrai Crux. Alors, z'ontatan ?

– Vi.

– Mé z'ai miam, Crux. Un peu miam au ventre.

– Veutaclac, Purux ?

– Nanpardon Crux.

– Z'onatan. Sava être à nouzautres.

– Z'onatan.

CHAPITRE 3

Du bruit dans le casier à chaussettes

Titouan Châtaigne sanglotait depuis longtemps déjà.

– Courage, aurait dit Hector.

– Réfléchis, aurait renchéri Rosin.

– Tu vas t'en tirer, aurait ajouté Alexis.

Et les triplettes se seraient exclamées :

– Titouan Châtaigne, tu es le plus malin, tu vas trouver une solution.

Seulement Hector, Rosin, Alexis et les triplettes étaient loin. À des centaines de kilomètres du pensionnat Grigoux, pour être précis. Et des solutions, Titouan Châtaigne n'en voyait aucune. Il fallait se rendre à l'évidence : Cédric Ceinture n'aurait pas de remords. Il passerait toutes les vacances de Noël dans sa famille sans même se rappeler qu'à cause de lui, un élève du pensionnat Grigoux mourait de faim dans un sous-sol obscur. *Non, pas « mourait de faim »*, se corrigea Titouan Châtaigne. Un être humain peut tenir trois minutes sans respirer, trois jours sans eau et trente sans nourriture. Il l'avait justement lu dans l'un des premiers numéros de *Junior Jones*. Et de l'eau, grâce aux douches, il en disposait à volonté. Les vacances de Noël duraient tout au plus une quinzaine : il tiendrait le coup sans manger. Même si ce serait certainement très pénible et difficile.

Grigoux, Malemort, Mégère ? Ç'aurait été son meilleur espoir. Après tout, on pouvait supposer que le directeur du pensionnat passerait un jour ou l'autre dans son établissement pour vérifier que tout était en ordre, baisser au dernier cran les radiateurs dans les chambres, récupérer tout ce qu'il y avait de comestible dans la cuisine du réfectoire (très peu de choses, certainement), bref, pour s'occuper de son établissement. Tout de même, en tant que responsable, il n'allait certainement pas partir en vacances à l'autre bout du…

Oups. Soudain, Titouan Châtaigne se rappela une conversation entre les trois adultes du pensionnat Grigoux qu'il avait entendue au réfectoire, le même jour au déjeuner.

– Alors, cher collègue, avait demandé Madame Mégère à Monsieur Malemort, où passerez-vous vos vacances ?

– Chez ma maman, comme d'habitude, avait répondu celui-ci d'un ton lugubre. Elle a quatre-vingt-seize ans et habite dans les Monts Noirâtres, dans le nord du pays. Vous connaissez la région ?

La cuisinière/surveillante/professeure de géographie/etc. avait secoué la tête :

– Je ne crois pas. Je regrette. Ça a l'air très beau, vu le nom.

– Ça ne l'est pas, avait rétorqué Malemort, toujours aussi sinistre. Et ma mère exige que nous allions chaque jour courir en forêt. Je déteste ça depuis…

– Eh bien nous, avait coupé Madame Mégère, je veux dire moi (elle s'était tournée vers Monsieur Grigoux et avait rougi), je peux vous annoncer que nous partons… enfin que je pars au soleil !

– Ah vraiment ? avait lancé Malemort dans un souffle.

– Vraiment. Ce soir, après le travail, direction l'aéroport, et demain matin, à nous… enfin, à *moi* les Îles Sous-la-Flotte !

– Vous avez bien de la chance, chère collègue, avait commenté Malemort d'une voix agonisante. Et… et vous, Monsieur le Directeur ?

Celui-ci avait eu un sourire gêné.

– Euh, moi, comment dire ? C'est une étrange coïncidence, car je pars également pour les Îles Sous-la-Flotte ! Peut-être nous croiserons-nous à l'aéroport, chère Madame Mégère.

Titouan Châtaigne faillit se remettre à pleurer en se souvenant de la scène. Cela signifiait que Grigoux et Mégère se trouvaient en ce moment même, sinon au bout du monde, du moins dans un avion qui les y emmenait.

– Il y a bien tes parents, Titouan ! se seraient exclamés ensemble Alexis, les triplettes, Hector et Rosin.

Il repensa à la carte postale reçue deux semaines plus tôt. Elle représentait le clocher d'un village où il n'avait jamais mis les pieds (et ses parents sans doute non plus, d'ailleurs, c'était simplement une carte postale qu'ils avaient dû trouver quelque part et qui leur économisait une enveloppe). Au dos, on pouvait lire :

Cher fils,

Ton père et moi sommes très fatigués par notre travail, et nous avons besoin de vacances. Nous avons donc réservé un séjour sous les tropiques pour nous reposer. Malheureusement, il semble que cela tombe en même

temps que les prochaines vacances scolaires.
Ta grand-mère est trop vieille pour s'occuper de toi, aussi nous préférons ne pas la prévenir, elle s'inquiéterait. Nous te laisserons le frigo plein en partant (mais ne mange pas trop) et nous nous croiserons peut-être après le Nouvel An.
Sinon, bonne rentrée. En te souhaitant un joyeux Noël,
Ta mère

Donc : pas de remords à attendre du squale, pas d'adulte responsable au pensionnat Grigoux, et ses parents en vacances à des centaines, peut-être des milliers de kilomètres.

Que ferait Junior Jones de l'espace dans ma situation ? se demanda Titouan Châtaigne. La réponse lui vint immédiatement : *il ne perdrait pas espoir. Il trouverait quelque chose.*

Facile à dire. Junior Jones de l'espace disposait d'une ceinture galactique, d'un croiseur galactique, d'un glourk apprivoisé ainsi que de 7L-LABest, l'ordinateure intelligente qui le secondait fidèlement dans toutes ses missions. Titouan Châtaigne, n'avait à sa disposition en tout et pour tout que sa tenue de gymnastique (short, T-shirt blanc, grosses chaussettes et tennis trouées) et le numéro de septembre de *Junior Jones de l'espace*. Sa situation, il fallait l'admettre, n'était guère comparable à celle de son héros préféré.

Il tenta de se souvenir d'un épisode de la série où Junior Jones se serait tiré d'un piège cosmique tout seul, sans glourk, sans croiseur et sans sa fidèle 7L. Allez savoir pourquoi, il n'en trouva aucun dans sa mémoire. Au minimum, Junior Jones avait avec lui son spacesac de l'espace et…

Mon sac. Minute, pensa soudain Titouan Châtaigne. Cédric Ceinture ne s'était certainement pas embarrassé d'un bagage supplémentaire pour sortir du pensionnat. Or, dans le vestiaire, il n'y avait comme cachette possible que la douche réservée à Monsieur Malemort (vide, vérifia sur-le-champ Titouan Châtaigne) et… le bac métallique où les élèves laissaient leur tenue de gym sale. En d'autres termes : le casier à chaussettes.

On l'a dit : il émanait de ce meuble bas, large et étroit une odeur atroce. En tant que lavandière, Madame Mégère était censée collecter les affaires de tous les élèves une fois par semaine avant de les leur rendre, lavées et repassées, dans leur chambre. Mais en pratique, le linge restait là longtemps, et les pensionnaires ne recevaient de tenue de sport propre qu'une ou deux fois par mois. Et encore, la plupart du temps, ce n'était pas la leur. Ainsi, Titouan Châtaigne s'était retrouvé maintes fois avec des shorts qui lui tombaient aux chevilles, tandis que Ludovic Rémoulade, son compagnon de chambre, héritait de T-shirts si étroits qu'il ne parvenait pas à les enfiler. Sans parler des chaussettes, qui par une malédiction étrange, revenaient toujours en un seul exemplaire. Les chaussettes orphelines étaient légion au pensionnat Grigoux ; dès la fin de ce premier trimestre, Titouan Châtaigne ne disposait plus que d'une seule paire complète. Mais en cet instant, il ne songeait pas à ce détail. Titouan Châtaigne se disait que, selon toutes probabilités, son sac de classe se trouvait à présent dans le casier à chaussettes dont émanait une puanteur de globulax vert.

Et dans ce sac se trouvait la dernière des cinq barres de céréales que sa grand-mère lui avait offertes sur le quai de la gare, quand il était parti pour le pensionnat quatre mois plus tôt. Il avait toujours conservé cette dernière barre, comme une sorte de talisman ou de porte-bonheur, et avait même réussi à la dissimuler à la rapacité de Cédric Ceinture.

En faisant attention, en se rationnant, cette barre de céréales pourrait lui tenir plusieurs jours, peut-être deux semaines. Elle lui sauverait peut-être la vie. Tout ce qu'il avait à faire pour la récupérer, c'était plonger dans le casier à chaussettes.

Titouan Châtaigne imaginait ce que cela signifierait de passer deux semaines sans manger, et ce n'était pas l'odeur pestilentielle qui allait le retenir (même s'il hésita un instant). Junior Jones de l'espace, à sa place, n'aurait pas hésité. Il s'avança vers le bac métallique pour en soulever le couvercle.

C'est à cet instant-là qu'il entendit des voix.

CHAPITRE 4

Le vortex mécanogalactique

– Sanbon, hin, Crux ?

– Sanbon, Purux.

– Trrrrrétrébon, hin, Crux ?

– Trrrrrétrébon, Purux. Mépatouch.

– Touptipeu, Crux…

Voilà ce que disaient les voix qui s'élevaient du casier à chaussettes.

Des hallucinations auditives causées par la faim ? Impossible. Pas déjà. C'est à peine s'il commençait à ressentir un petit creux au niveau de l'estomac.

Vu l'alimentation que proposait le pensionnat Grigoux, les élèves développaient très vite une certaine résistance au fait d'avoir le ventre vide. En parlant de ventre vide, ce fut ce moment-là que choisit le ventre de Titouan Châtaigne pour émettre un joli petit gargouillis flûté d'entonnoir qui se vide.

– Entendutruc, Purux ?

– Rinentendu, Crux. Troooofin…

Titouan Châtaigne commençait à distinguer un peu mieux les voix – des voix rapides, marmonnées, aigrelettes. Il lui semblait même comprendre en partie ce qu'elles disaient. Il y avait deux personnes dans ce casier. Ou deux êtres, deux créatures, deux entités. Et elles communiquaient entre elles.

– Oboulopronto, Purux.

– Minuto, Crux.

S'ensuivirent des bruits étranges, évoquant un petit rongeur à l'œuvre dans un écheveau de laine. Puis ce qui ressemblait – non, ce qui était manifestement – un rot gras et sonore.

Puis une voix s'éleva de nouveau. Cette fois, elle semblait tendue et inquiète :

– Simanjé, Duxfurax ! Ramnéminerèssétou !

Phrase que Titouan Châtaigne, après se l'être répétée à plusieurs reprises dans sa tête, finit par traduire par : « Si manger, Dux furax. Ramener minerai, c'est tout. » Soit, en y mettant un peu les formes : « Si nous mangeons, Dux sera en colère. Il faut rapporter du minerai et c'est tout. »

Titouan Châtaigne possédait une logique à toute épreuve ; aussi tira-t-il de cette phrase plusieurs déductions :

Déduction 1 : il existait une troisième entité (personnage ? chose ? truc ?) du nom de Dux en plus des deux qu'il entendait parler (Crux et Purux, donc).

Déduction 2 : cette troisième entité ne se trouvait pas en ce moment avec les deux autres.

Déduction 3 : le casier à chaussettes contenait un mystérieux *minerai* que Crux et Purux avaient pour mission de rapporter à Dux.

Déduction 4 : l'entité nommée Purux profitait de cette mission pour *manger* ce fameux minerai, ce qui s'avérait interdit.

Il en était là de ses réflexions quand le couvercle du casier à chaussettes se souleva et qu'une chaussette en jaillit.

– Triétriétriétrié ! chantonna Crux (à moins que ce ne soit Purux).

– Movépié movépié, pagardé, renchérit Purux (à moins que ce ne fût Crux).

Titouan Châtaigne resta interdit devant la chaussette en boule qui avait roulé jusqu'à ses pieds. Cette chaussette, il la reconnaissait : c'était une chaussette noire à rayures multicolores, en laine épaisse, quasiment neuve – à ceci près qu'elle était rongée au bout. Or, cette chaussette rayée en laine, Titouan Châtaigne l'avait vue le matin même au pied de Ludovic Rémoulade, avec sa sœur jumelle sur l'autre pied. Et l'une comme l'autre étaient alors parfaitement intactes.

– Mes chaussettes préférées, avait gémi Ludovic Rémoulade. C'est ma grande sœur qui les a tricotées. Si tu savais comme elles sont chaudes ! Je les garde pour les nuits d'hiver, quand le froid s'insinue par les fenêtres et vient vous chatouiller les orteils. Elles ne sont pas du tout adaptées à la course à pied, et elles risquent de s'abîmer, ou pire. Mais… je n'ai pas le choix.

Et Ludovic Rémoulade avait contemplé le désolant spectacle qu'offrait l'étagère de son placard réservée aux chaussettes. Tout comme celle de Titouan Châtaigne, celle-ci ne contenait plus que des chaussettes uniques, orphelines, effilochées.

Dans un autre établissement scolaire que le pensionnat Grigoux, ou d'ailleurs n'importe où au monde, Titouan Châtaigne aurait pu suggérer à son camarade de chambre de prendre deux chaussettes dépareillées pour en faire une paire – par exemple une rouge et une verte ou, pour rester plus discret, une noire et une bleu marine. Mais c'était sans compter Monsieur Malemort.

Car dans le cours de Monsieur Malemort, on pouvait avoir des T-shirts sales, des shorts en loques, des tennis trouées (et c'était souvent le cas, vu le peu de soin que Madame Mégère apportait au linge et le fait que les chaussures de sport s'usaient à force de tourner en rond toujours dans le même sens) ; mais il était interdit, prohibé, illicite – et même disons-le sacrilège – d'arriver en cours de gym avec des chaussettes dépareillées. Et n'allez pas imaginer que deux chaussettes *presque semblable*s ou deux chaussettes *de même couleur mais de taille différente* auraient pu suffire : Monsieur Malemort avait l'œil et il se montrait intraitable. Il punissait tous ceux qui dérogeaient à la règle.

Voilà pourquoi, le matin même, à contrecœur, Ludovic Rémoulade avait dû enfiler sa paire de chaussettes de laine préférée – chaussettes dont une orpheline gisait maintenant sous les yeux, et malheureusement, sous le nez, de Titouan Châtaigne.

– Sanpabon, lança soudainement la voix de Crux (ou Purux ?). Paminerè. Beurkibeurk.

Titouan Châtaigne eut à peine le temps de se demander ce qui n'était pas du minerai qu'il vit le couvercle du casier s'ouvrir à nouveau, et son sac en jaillir.

Or, ce sac contenait tous ses espoirs : peut-être que Cédric Ceinture y avait fourré les vêtements propres de Titouan Châtaigne (car au fait : en short et T-shirt, il commençait à faire sacrément froid, dans ce vestiaire !) ; peut-être qu'il s'y trouvait un outil (règle, compas, ciseaux à bouts ronds, trombone oublié) susceptible de forcer la serrure de la porte du vestiaire ; et peut-être surtout, qu'il renfermait une providentielle barre de céréales. Titouan Châtaigne s'avança donc silencieusement pour récupérer son bien. Ou plutôt : il *voulut* s'avancer silencieusement. Car à cet instant, le numéro de septembre de *Junior Jones de l'espace* glissa de ses mains (un peu moites, on le comprend) et tomba sur le sol.

Titouan Châtaigne le rattrapa sur-le-champ, mais sans parvenir à étouffer le bruit de papier froissé. Dans le bac à vêtements sales, le remue-ménage s'arrêta net.

– Antandukékchoz, Crux !

– Antanduhossi, Purux !

– Z'onfilondécamp', Crux ?

– Passur, Purux.

– Okessi. Z'onfilondécamp'fissa. Vienzavecmoi !

Il y eut une sorte de bref sifflement, puis tout redevint silencieux.

Pendant de longues, très longues minutes, Titouan Châtaigne resta immobile, le cœur battant. Quand enfin il en trouva le courage, il tendit le bras, ramassa son sac par terre – et recula d'un bond à l'autre bout du couloir, le tenant contre sa poitrine.

Il ne se passa rien. Pas le moindre bruit, pas la moindre discussion hachée et à peine compréhensible. À croire qu'il avait rêvé.

D'un pas prudent, Titouan Châtaigne s'approcha à nouveau du casier à chaussettes.

Posa la main dessus.

Attendit.

Attendit encore.

Rien.

Ce fut d'une main tremblante qu'il souleva le couvercle.

Le casier à chaussettes était, on l'a dit, large et peu profond.

Son couvercle métallique s'ouvrait vers le haut, comme le coffre d'une voiture ou la malle maléfique de Farfaday, le double malfaisant de Junior Jones de l'espace.

C'est alors que Titouan Châtaigne découvrit…

Les points de suspension marquent souvent une surprise, un coup de théâtre en préparation. En réalité, il n'y eut ici aucun coup de théâtre : quand il ouvrit le casier, Titouan Châtaigne découvrit simplement des affaires sales – il fallait s'y attendre. Ce qui était plus surprenant, c'est que certaines semblaient avoir été rangées dans le casier dans un ordre particulier.

Les shorts et les T-shirts en boule avaient été repoussés d'un côté du coffre. De l'autre côté, soigneusement triées, il y avait les chaussettes de tous les élèves du cours de gym de Monsieur Malemort ; elles étaient réparties en deux tas distincts.

Titouan Châtaigne comprit très vite que toutes les paires avaient été séparées. Il constata aussi que les deux créatures inconnues qui répondaient au nom de Purux et Crux – ou le contraire – avaient déposé entre les deux tas un petit disque brillant, qui ressemblait de façon étonnante à une pièce d'or.

À la place de Titouan Châtaigne, n'importe qui aurait examiné cette pièce, peut-être même tenté de la ramasser. Mais il n'y porta qu'une attention très passagère. Il y avait en effet dans le casier quelque chose de plus étrange que les deux monticules de chaussettes orphelines. Tout au fond du bac, sur la droite, Titouan Châtaigne distingua une forme étrange, une forme qui semblait bouger, une forme qui ressemblait à une bouche, une bouche qui évoquait étrangement celle qui figurait sur la couverture du numéro de septembre de *Junior Jones de l'espace*.

Il se pencha dans le casier pour en avoir le cœur net. Et se pencha encore. Et encore un peu. Il se percha sur la pointe des pieds, puis d'un seul pied, puis d'aucun pied… et perdit l'équilibre.

C'est ainsi que Titouan Châtaigne bascula tête la première dans le vortex mécanogalactique qui se trouvait au fond du bac à linge sale du couloir du vestiaire du pensionnat Grigoux.

CHAPITRE 5

Les Intraterrestres

Il est complexe, voire impossible, de décrire avec exactitude l'endroit où tomba Titouan Châtaigne (sauf qu'il termina sur les fesses, laissons ce détail de côté, voulez-vous ?) après avoir été aspiré par le vortex mécanogalactique. Si on veut faire simple, on dira : c'était une plage déserte sous un ciel bleu avec quelques nuages, bordée par une petite chaîne de collines.

Mais.

D'abord, les collines, au lieu d'être blanches, ou marron, ou grisâtres, étaient multicolores, comme formées de milliers de roches différentes et bariolées ; ensuite, pour des collines, elles étaient plutôt basses – la plus haute dépassait à peine la tête de Titouan Châtaigne. Bref, Titouan Châtaigne parvenait à peine à se dissimuler derrière les collines ; il devait plier les genoux et plaquer sa tête au petit monticule devant lui pour ne pas qu'elle dépasse.

Ce qui était fort regrettable, car le monticule en question puait comme un globulax vert.

Toutefois, Titouan Châtaigne faisait de son mieux pour ignorer cette odeur infecte et dissimuler sa présence, car la plage déserte ne l'était pas vraiment ; trois personnes (trois êtres ? trois créatures ?) s'y tenaient debout, en grande conversation.

Mais le plus bizarre, c'était le ciel bleu avec ses nuages. Car ce n'était pas un ciel, et ce n'étaient pas des nuages. C'était une immense voûte peinte en bleu et décorée de grosses taches blanches qui évoquaient vaguement des animaux – un peu comme si le peintre de cette étrange fresque avait tenté de peindre des nuages sans en avoir jamais vu et en se basant sur une affirmation comme « les nuages, c'est comme des moutons sans pattes ». Sauf qu'à en juger par les formes blanches, le peintre en question n'avait probablement jamais vu de moutons non plus ; en tout cas, les nuages peints sur la voûte avaient des têtes menaçantes, des toisons échevelées et des membres mutilés. Sans parler du bleu qui ne rappelait en rien le bleu d'un ciel d'été, mais plutôt le bleu passé, triste et sale que l'on trouve dans une chambre d'un très vieil hôpital – ou pire encore, dans les chambres du pensionnat Grigoux.

Depuis que, peu après la rentrée, Cédric Ceinture lui avait volé sa chère collection de *Junior Jones de l'espace*, Titouan Châtaigne s'était rabattu sur la pile de livres qu'il avait réussi à faire tenir dans ses bagages. Coup de chance, parmi celle-ci figurait le *Voyage au centre de la Terre* de Jules Verne, qu'il avait lu une bonne dizaine de fois depuis son arrivée au pensionnat. Aussi Titouan

Châtaigne comprit-il tout de suite qu'à l'instar d'Axel Lindenbrock, de son oncle Otto et du chasseur Hans Bjelke, il venait de déboucher, peut-être pas exactement au *centre* de la Terre, mais certainement dans une gigantesque caverne dissimulée sous la croûte terrestre (ou, d'ailleurs, sous la croûte de n'importe quelle autre planète de la galaxie). Plutôt que de s'enfoncer dans les entrailles du volcan Sneffels, il avait été précipité là par le vortex mécanogalactique.

C'est pour cette raison que Titouan Châtaigne baptisa les créatures qui s'agitaient sur la plage du nom d'Intraterrestres.

Car il s'agissait bien de créatures, quoique le nom de monstres n'aurait pas été exagéré vu leur laideur. Les Intraterrestres étaient petits – ils devaient arriver au genou ou à la cuisse de Titouan Châtaigne – la peau boursouflée et grisâtre, affublés d'un museau énorme en forme de radis noir (ou de betterave, ou d'un quelconque légume dégoûtant) surmonté de deux petits yeux globuleux

qui tournaient sur eux-mêmes, et coiffés d'une crête rose vif qui, s'étendant sur toute la longueur de leur crâne, évoquait un étrange balai-brosse.

Et les Intraterrestres parlaient. Ainsi, l'un d'eux disait :

– Ouzavémi les sochettes ?

(Note : pour éviter à nos lecteurs d'avoir les yeux qui louchent, ce qui est toujours risqué en cas de courant d'air, nous tentons de retranscrire le dialogue qui suivit avec une orthographe à peu près acceptable ; et c'est complexe, car les Intraterrestres, il faut l'avouer, réussissaient à commettre des fautes d'orthographe *en parlant*).

– Où vous avez mis les sochettes ? demandait donc un des Intraterrestres. Crux, Purux, répondez-moi.

Toujours logique, Titouan Châtaigne en déduisit que les deux Intraterrestres à droite étaient ceux qu'il avait entendus discuter dans le casier à chaussettes, tandis que l'autre était leur chef. D'ailleurs, celui-ci portait à la main une sorte de fourchette à deux dents marron clair qui pouvait être un sceptre – ou n'importe quoi d'autre.

– On en a une. Une sochette. Bon minerai, répondit Crux (ou Purux) en brandissant ladite chaussette – la noire rayée en laine qui, on s'en souvient, avait appartenu jusqu'à récemment à Ludovic Rémoulade, le voisin de chambre de Titouan Châtaigne.

– Juste une sochette ? s'écria le chef.

– Juste une sochette, chef, confirma Purux (ou Crux). Désolé, chef Dux, mais z'on entendit du bruit. Z 'on décida s'enfuir, par pure prudence.

– Pure prudence, pure prudence, vous en avez de bonnes ! tonna Dux (puisque c'était son nom). C'est pas avec juste une sochette qu'on va faire monter les montagnes assez haut pour atteindre le chiel !

– C'est vrai, chef, admirent Crux et Purux d'un même ton dépité.

– Juste une sochette ! Et comment qu'on va faire pour fabriquer du carburant avec si peu de minerai, hein ? poursuivit le chef.

– On sait pas, chef, gémirent Purux et Crux. Pardonpardonpardon…

– ET SANS CARBURANT, C'EST COMMENT QU'ON CARBURE, HEIN ? hurla Dux en agitant son étrange fourchette au-dessus de sa tête. J'AI BIEN ENVIE DE VOUS VOLATILISER !

Pour toute réponse, Crux et Purux poussèrent un gémissement pitoyable. Peu à peu, néanmoins, le chef parut se calmer.

– Et des cadeaux, vous en laissâtes ? questionna-t-il.

– Juste un seul unique seulement, répondit Crux – ou Purux, on s'en fiche.

Le chef Dux rumina cette réponse un instant, apparemment énervé ou déçu. Soudain, il releva la tête et son regard polygiratoire se braqua sur Crux (c'était bien lui, comme on va le voir).

– Ça sent bon par ici ! Quelqu'un mâcha la sochette ?

Les deux autres prirent une expression terrifiée, comme si Dux les accusait d'un péché capital.

– Pas nous ! Pas nous ! Jamais mâché sochette !
Mais Dux s'avança vers eux pour renifler leur haleine.

– Vous mâchâtes, c'est chertain.

– C'est pas moi qui mâchai, chef Dux ! s'écria Crux. C'est Purux.
Ledit Purux n'eut pas le temps de protester : Dux brandit l'espèce de fourchette qu'il tenait à la main et la braqua sur lui. Il y eut un éclair rosâtre et un claquement sec. Instantanément, Purux se transforma en un petit nuage de fumée, qui flotta lentement sur la plage, puis disparut.

– Apupurux ! triompha Dux.
Ce qui signifiait, on l'a compris, que Purux n'était plus là.

– Apupurux, répéta Crux (à présent, on pouvait être certain que c'était lui).
Et tous deux se mirent à rigoler.
Ce rire était si méchant, mesquin, diabolique, que Titouan Châtaigne – pourtant habitué à des choses aussi atroces que le pensionnat Grigoux, la cuisine de Madame Mégère, les ronflements et autres bruits nocturnes de Ludovic Rémoulade ainsi que la maléfique présence de Cédric Ceinture – Titouan Châtaigne ne put retenir un gémissement terrifié.
Crux et Dux tournèrent la tête dans un même mouvement. C'est alors qu'ils l'aperçurent derrière la colline naine où il se cachait.

CHAPITRE 6

En chute libre

Le cerveau de Titouan Châtaigne carburait à toute vitesse. Peut-être pas plus vite que la lumière, ou que l'éclair ; mais il carburait indubitablement à la vitesse du son, et peut-être même un tout petit peu plus vite. En cet instant, le cerveau de Titouan Châtaigne était sans doute capable de rivaliser avec celui de 7L-LABest, l'ordinateure intelligente qui assistait Junior Jones de l'espace dans toutes ses missions (et il faut bien l'avouer, sortait souvent celui-ci des incroyables pétrins dans lesquels il trouvait toujours le moyen de se fourrer).

On ne sait pas bien comment fonctionne un cerveau en général, et celui de Titouan Châtaigne en particulier ; pour donner une idée de ce qui se passa dans sa tête au cours des quelques secondes qui suivirent le moment où Dux et Crux l'avaient découvert, il faudrait peut-être un tableau, ou une image, un film accéléré – ou un peu de tout ça à la fois. Ou alors, écrire dans un langage qui n'a pas encore été inventé. Mais, si l'on doit tenter avec des mots de retracer les pensées qui le traversèrent, on pourrait essayer quelque chose comme ça :

…

…

…

– ALEEEEEEEEEEEEEEEEEEEEEEEEEERTE ROUGE !

– rRHAahaha J'ai PeuR J'ai les foies J'ai les miquettes j'ai tout qui tremble et…

– Oh, tiens, vous savez quoi ? Je viens juste de comprendre que les collines multicolores

schlinguantes sont en fait des milliers, voire des millions de chaussettes orphelines entassées.

– **Ça fait des demi-millions de pieds déchaussés, ça,**

– *Si je comprends bien, les Intraterrestres récupèrent les chaussettes (en les triant) grâce au vortex mécanogalactique dans le casier à chaussettes du vestiaire du pensionnat Grigoux, et Madame Mégère ne dit rien parce qu'elle récupère des pièces d'or*

* Hypothèse A : sans le dire à Grigoux.

* Hypothèse B : avec sa complicité.

* Question corollaire aux hypothèses A et B : Monsieur Malemort, avec sa manie des chaussettes identiques, fait-il partie de ce trafic ?

– EUH… ALERTE ROUGE, ON A DIT ! ALERTE ROUGE !

– Rahahah qu'est-ce qu'on fait, alors ? On se bat ou on s'enfuit ?

– *Oui, mais,*

* Corollaire 1) voilà qui explique où disparaissent nos chaussettes et pourquoi les parents en retrouvent toujours des orphelines dans la machine à laver.

* Observation 1') Mais alors les Intraterrestres ont des vortex mécanogalactiques qui débouchent dans tous les placards à linge sale du monde ?

– On s'enfuit ou on se bat ?

– JE VEUX EMBÊTER PERSONNE, MAIS IL Y A ALERTE ROUGE, LÀ. EN PLUS, LE CHEF DUX EST EN TRAIN DE BRAQUER SON ESPECE DE PISTOLET SUR NOUS

– On n'a pas entièrement déterminé ce que c'était, son pistolet, d'ailleurs. Un désexistateur ? Un rayon de la mort galactique ? Un effaçateur ?

– On se bat on s'enfuit on s'enfuit on se bat on se buit on s'enfa, on se BIIIIIIiiiiiiiip...

– ON A BUGUÉ, JE CROIS. BON, ON S'ENFUIT ?

– On s'enfuit, ça paraît plus prudent si l'on tient compte de l'espérance de vie face à ce curieux rayon de la...

– On s'enfuit

– On s'enfuit !

– ON S'ENFUIT !!!

À la suite de ce dialogue dont toutes les répliques avaient fusé quasi simultanément, le cerveau de Titouan Châtaigne propulsa son corps vers l'arrière. À moins que ce soit le corps qui ait décidé de bouger de lui-même sans attendre l'avis des étages supérieurs, dans la crainte qu'il ne reste très vite plus rien à déplacer.

La voix de Crux s'éleva alors :

– Taraté, chefdux !

– Otouatongueule.

– Vasy chefdux, volatilise-le !

– Minuto, rigolo : forchargé.

Titouan Châtaigne n'avait aucune envie de savoir combien de temps mettait l'étrange arme à recharger : il bondit sur ses pieds, bien décidé à battre le record du monde de course à pied sur terrain chaussettique.

Mais pour aller où ? Désorienté, il avait perdu de vue l'entrée du vortex mécanogalactique ; alors, au lieu de détaler, comme son corps le lui recommandait, il regarda autour de lui.

En tombant, il avait fait un sacré trou dans les monts de chaussettes ; Dux et Crux se dirigeaient vers lui, l'air furieux. Derrière eux, c'était la mer

– enfin, cette grande étendue de liquide qui ressemblait un peu à la mer ; autour, des kilomètres de collines, ou plutôt de tas de chaussettes. Par-delà celles-ci, Titouan Châtaigne distingua une sorte d'immense bâtiment gris, bas et long, d'où s'échappait un nuage de fumée, et duquel sortaient des milliers de tuyaux qui se vidaient dans la mer.

Et aucune trace du vortex mécanogalactique.

Tant pis ! Dux et Crux étaient tout proches, maintenant, et Dux pointait son arme vers Titouan Châtaigne. Qui partit dans la seule direction qui semblait raisonnable : droit devant, pour aller *n'importe où par pitié juste ailleurs, loin loin loin, ohlalala je voudrais tellement être ailleurs, je voudrais tellement être à l'abri, avec mes amis Hector Rosin Alexis et les triplettes, ou même pas avec eux juste près d'eux n'importe où près d'eux et…*

Soudain, Titouan Châtaigne éprouva une étrange sensation de flottement. Baissant la tête, il s'aperçut que ses deux pieds avaient cessé de toucher le sol, même alternativement, et ce pour une raison très simple : il n'y avait plus de sol à toucher.

Toujours logique et rationnel, le cerveau de Titouan Châtaigne déduisit instantanément qu'il n'était plus en train de galoper, mais de tomber. De tomber en chute libre dans ce qui ressemblait beaucoup à l'intérieur d'un vortex mécanogalactique, vu qu'il n'y avait absolument rien à voir.

Mais ce fut une chute très rapide ; en réalité, Titouan Châtaigne n'eut que le temps de se demander sur quoi il allait tomber avant de voir arriver vers lui à une vitesse inimaginable six vélos et un grand bac à poubelles. Puis il y eut un grand

PAAAAAAAAAAAAAAAAAAF

Ouille mon nez.

Pendant un instant relativement long (mais d'une longueur difficile à évaluer, vu qu'il était occupé à compter les étoiles et les chandelles qui dansaient devant ses yeux, et il y en avait bien

plus de trente-six), le cerveau de Titouan Châtaigne se reposa de ses émotions.

Puis, Titouan Châtaigne reconnut les vélos, les murs qui l'entouraient ainsi que la poubelle contre laquelle il était venu s'aplatir le nez. Il se rendit compte que, pour une raison qui lui échappait, il avait atterri (moins rapidement que ne l'aurait laissé supposer la vitesse de sa chute, et c'est heureux sans quoi son nez s'en serait autrement ressenti) dans le local à vélos – et à poubelles, donc – de l'immeuble où vivait son ami Rosin.

Et, bien que son cerveau n'ait absolument aucune explication logique à lui fournir à ce sujet, Titouan Châtaigne poussa un énorme soupir de soulagement.

Interlude 2

– Bin, iléou, le monstrodégueux ? Oulalakilététélé…

Crux secoua la tête. Décidément, le chef Dux n'était pas vraiment un génie génial.

– Léparti. Par le pachage.

– Notre vortex z'anou ? Le chalopar ! Allez zou, z'on le pousruit ! Vienzavekmoi, Crux.

– Toudsuitmaintnan, chef ?

– Toudsuitmaintan, Crux.

– Mé, euh, chef…

– Koissa, Crux ?

– Il est trétré gros et z'oné pas trétré nombreux...

– Komansa, pas trétré nombreux ? Z'oné... zattan... moi, ça fait un... épi toi, ça fait... euh...

– Pluzoumoin deux, compléta Crux. Pas trétré bocou.

– Alors keskezonfé ?

Crux soupira. Des fois, le chef, on aurait vraiment dit qu'il était un peu konkon.

– Si zon applé lézotres ?

– Sétidio, Crux. J'ai zune meilleuridée. On va applé lézotres.

– Mé, Chef...

– Silence ou je te volatilise. Allézou, oboulo, vaserché toulmonde.

À contrecœur, Crux s'éloigna. Près d'une colline se trouvait une minikabane ; il y entra, prit le siffléatous et souffla longuement dedans.

Alors, de partout, les Intraterrestres accoururent. Ils étaient des miyé, peut-être des miyons.

Ce qui fait plus que deux.

CHAPITRE 7

Un gâteau au chocolat avec du chocolat

Titouan Châtaigne frappa chez son ami Rosin, qui l'invita à boire un chocolat et à manger du gâteau au chocolat. Tous ses amis étaient là. Il leur raconta son histoire. Ils furent bien étonnés.

Fin du chapitre.

CHAPITRE 7 bis

Encore du gâteau au chocolat avec du chocolat

Non. Bien sûr que non. Les choses ne se déroulèrent pas comme racontées au chapitre précédent. Plus exactement : telle fut bien la succession des faits, mais la raconter ainsi ne rend pas compte de ce qui se passa *réellement*.

Il faudrait d'abord raconter le temps que Titouan Châtaigne passa dans le local à vélos, reconnaissant le vélo violet d'Alexis, le VTT noir et jaune d'Hector, les trois vélos de course rouge, orange et vert pomme des triplettes, et enfin le BMX gris métallisé de Rosin ; il faudrait dire comment, en cet instant, il pensa à son propre vélo, un vieux clou tout rouillé qui avait appartenu à son grand-père – car ses parents trouvaient idiot de dépenser des sous pour un vélo qui de toute façon deviendrait un jour trop petit, et c'est ainsi que Titouan Châtaigne, depuis le CP, devait se déplacer avec la même bécane sans vitesses, aux freins rongés par la rouille, au guidon grinçant et aux roues voilées (et réciproquement).

Ces sept vélos, il faut le dire, étaient comme leur emblème, leur trophée, leur marque de fabrique : grâce à eux, l'été, ils allaient du parc à la piscine, de la piscine à la bibliothèque, de la bibliothèque à l'appartement de Rosin (ou à celui d'Hector, ou à la maison d'Alexis, ou à la grande villa des triplettes), ou partaient simplement se promener sur les petites routes ; d'ailleurs, ils se surnommaient parfois entre eux « Les sept cyclistes » ou Les 7-clistes tout court.

Ils se nommaient les Sept mercenaires, les Sept merveilles du monde ou les Sept compagnons ; mais c'était pour rire, évidemment. Au fond, quand il pensait à leur petit groupe, chacun d'entre eux pensait « les copains », ou tout simplement « nous ». Et l'idée qu'il ne rêvait pas, l'idée qu'il avait bien atterri dans le local à vélos et à poubelles de l'immeuble de son ami Rosin, l'idée qu'au bout de longs mois de quasi-enfermement au pensionnat Grigoux, après avoir échappé sans savoir comment à deux Intraterrestres, Titouan Châtaigne allait retrouver ses amis, cette idée-là avait remis notre héros sur pieds.

Pour bien raconter notre histoire, il faudrait donc rapporter ensuite comment il poussa la porte du local à vélos, comment il trouva d'une main tremblante l'interrupteur du couloir, et comment, par un caprice étrange de son sens olfactif, l'odeur de renfermé et de vieux sacs poubelles stagnant en permanence dans ledit couloir lui sembla délicieuse.

Pourquoi ? Parce que ces relents, cet endroit, lui étaient familiers et que Titouan Châtaigne se sentit d'un seul coup chez lui – ou plutôt chez Rosin, mais c'était encore mieux.
Il faut donc s'imaginer Titouan Châtaigne devant la porte de l'appartement de son ami Rosin, cette porte qu'il avait si souvent franchie sans même y prendre garde, seul ou accompagné d'Alexis, des triplettes ou d'Hector ; il faut s'imaginer comment notre héros, qui en quelques minutes était passé des vestiaires du pensionnat Grigoux à l'intérieur d'un casier à chaussettes, de l'intérieur d'un casier à chaussettes à un monde souterrain inconnu, puis d'un monde souterrain inconnu à un local à poubelles, hésitait devant cette porte familière – qui sait si elle n'était pas le sas d'un nouvel univers mortellement dangereux ?
Pour bien continuer notre récit, il faut enfin se représenter les sensations qui agitaient Titouan Châtaigne quand, après avoir sonné, il écouta la dernière note de la sonnette se répercuter dans le

couloir ; quand il perçut le silence surpris derrière la porte ; quand il entendit des pas, des pas sur la moquette du couloir, des pas qui approchaient, la poignée qui grinçait, le pêne qui s'ouvrait dans la gâche, la porte qui s'ouvrait et…

– Titouan !

Rosin le regardait avec un mélange de joie et de surprise. Derrière lui, dans le couloir qui menait à sa chambre, un concert de voix s'éleva.

– Titouan ? Titouan ? C'est Titouan ? Titouan ! Titouan, Titouan, Titouan !

Et Rosin, Louisa, Hector, Chloé, Alexis et Mathilde, entourèrent leur ami, le prirent dans leurs bras, le serrèrent contre leur cœur (Rosin, le plus démonstratif), lui sautèrent au cou (Alexis, toujours le plus emporté), lui firent un bisou (Chloé, Louisa), deux bisous (Mathilde) et faillirent pleurer de joie (Hector, toujours le plus sensible). Puis Rosin lança :

– On ne va pas rester devant la porte ! Viens vite dans ma chambre.

Et il ajouta :

– Ma mère a fait du gâteau au chocolat.

On ne peut pas mesurer précisément la taille de l'univers ; et même, le pourrait-on, il existe peut-être des univers parallèles, des galaxies inconnues qui s'étendent bien au-delà des confins de notre imagination, des mondes que Junior Jones de l'espace lui-même ne pourra jamais visiter. Et pourtant, dans ces mondes, dans ces galaxies, dans ces univers, le gâteau au chocolat de la maman de Rosin est connu comme le *meilleur gâteau*, point barre. Aucun alien, aucun intra ou extraterrestre, ne pourrait nous contredire.

– Avec... du chocolat chaud ? demanda Titouan Châtaigne d'une voix tremblante.

– Évidemment, sourit Rosin.

Pour Titouan Châtaigne, ce fut comme une formule magique.

De leur côté, les triplettes, Hector, Alexis et Rosin étaient très surpris de retrouver leur ami en tenue de sport, grelottant, affamé, avec à la main le

numéro de septembre de *Junior Jones de l'espace.* En effet, de toute son aventure, depuis sa chute dans le vortex mécanogalactique à son arrivée chez les Intraterrestres, puis à la fuite éperdue qui l'avait mené dans le local à vélos, il ne l'avait pas lâché.

– Il était génial, ce numéro ! fit remarquer Rosin. Tu as lu la suite, dans celui d'octobre ?

– Tes chaussures sont trouées, nota Alexis. Tu veux que j'aille te chercher des pantoufles ?

– Tu risques d'avoir froid, en short et en T-shirt, lança Hector. C'est un peu imprudent de s'habiller comme ça en décembre.

Louisa, Chloé et Mathilde échangèrent un regard, secouèrent la tête, et, s'adressant aux trois garçons :

– Dites, les copains, vous voyez bien qu'il est arrivé quelque chose de grave à Titouan. Si on écoutait son histoire, au lieu de le mitrailler de questions ?

Les garçons reconnurent qu'elles avaient raison.

– Mais que ça ne nous empêche pas de lui apporter des vêtements chauds, rajouta Mathilde.

Et c'est ainsi que, les pieds dans des pantoufles épaisses, un peignoir en éponge tout chaud autour des épaules, une tasse de chocolat chaud toute parsemée de miettes de gâteau au chocolat à la main, Titouan Châtaigne commença son récit :

– Il y a des Intraterrestres. Chez Grigoux. Non, pas chez Grigoux, mais dans le vestiaire. Cédric Ceinture m'a enfermé. Il m'avait volé mes *Junior Jones de l'espace.* Le vortex mécanogalactique, il est dans le…

– Titouan, le coupa Chloé avec tact, je crois que c'est un peu dans le désordre.

– Un peu confus, ajouta Louisa.

– Mais ça a l'air passionnant, termina Mathilde.

Titouan Châtaigne en convint, et s'efforça de remettre son récit dans l'ordre.

– J'ai découvert dans le casier à chaussettes du vestiaire de la pension Grigoux où m'avait enfermé l'odieux Cédric Ceinture qui me persécute et m'a volé toute ma collection de *Junior Jones de l'espace*, à part le numéro de septembre que j'ai réussi à garder mais pas encore à lire...

Il dut reprendre son souffle avant de continuer :

– J'ai découvert, donc, un vortex mécanogalactique menant à un monde inconnu peuplé d'Intraterrestres qui vouent une passion étrange aux chaussettes orphelines. Ils m'ont repéré, mais j'ai réussi à m'enfuir, et sans savoir comment je me suis retrouvé ici.

Titouan Châtaigne se tut pour regarder ses amis. Il était relativement fier de son résumé, même s'il avait oublié un ou deux points importants.

– J'ai pas tout compris, soupira Rosin.

– Elles sont compliquées, tes phrases, renchérit Hector.

– T'as dit quoi, avant « je me suis retrouvé ici » ? questionna Alexis.

Le gâteau au chocolat au chocolat de la maman de Rosin, il faut le reconnaître, disposait davantage à la sieste qu'à la réflexion poussée. Mais Mathilde secoua la tête, agacée :

– C'est pourtant simple : Titouan est tombé dans un vortex mécanogalactique...

– ... a découvert un monde intraterrestre... poursuivit Chloé.

– ... et a réussi à fuir pour se réfugier ici, termina Louisa.

– Un vortex mécanogalactique est une porte, ou plus exactement un couloir entre les dimensions, rappela Chloé. Titouan a basculé par mégarde dans la dimension des Intraterrestres. Quand il a voulu s'enfuir, il a été aspiré de nouveau par le vortex mécanogalactique.

– Qui, comme nous le savons, fonctionne par télésympathie, compléta Mathilde. C'est-à-dire qu'il crée instantanément un lien entre l'endroit où on se trouve et celui où on voudrait être.

– Au moment où il s'enfuyait, Titouan a pensé à nous, déduisit Louisa. C'est comme ça qu'il s'est retrouvé ici.

Rosin hocha la tête en souriant pour conclure :

– Et le voilà en sécurité avec nous, pourvu qu'il ait refermé le vortex derrière lui. Bon, et maintenant, si on jouait à *Junior Jones : mission galaxie* sur mon ordinateur ?

Les autres approuvèrent et tout le monde se dirigea vers la chambre. Mais, d'une voix blanche, Titouan Châtaigne lança :

– Rosin ! lança soudain Titouan Châtaigne d'une voix blême. Rosin, tu as dit quoi ?

– J'ai dit « Si on jouait à Junior Jones... »

– Non, pas ça. Avant !

– Euh... Je sais pas. Ah si, j'ai dit : « Et le voilà en sécurité avec nous, pourvu qu'il ait refermé le vortex derrière lui. » Et comme je parlais de toi, je devrais dire « et te voilà en sécurité pourvu que tu aies refermé le vortex derrière toi. »

– Et... comment tu fais ça ? interrogea Titouan Châtaigne.

– Je change les pronoms personnels. Au lieu de dire « il », je dis « tu » et...

– Il ne te parle pas de ça, banane ! intervint Louisa. Titouan demande comment on referme un vortex mécanogalactique.

Hector se tut, un peu fâché de s'être fait traiter de banane. Alexis vola à son secours :

– C'est très simple. Comme dans *Junior Jones de l'espace*, il suffit de…

Chloé lui coupa la parole :

– Mais Titouan n'a pas terminé le numéro de septembre de *Junior Jones de l'espace*.

– Il ne sait donc pas qu'il faut refermer derrière soi un vortex mécanogalactique, acheva Mathilde. Ni même comment on s'en sert. Ce qui fait que…

D'un seul coup, tous se turent. Ils étaient livides, et Titouan Châtaigne comprit que quelque chose de grave, très grave, était en train de se passer.

Interlude 3

– Allézonspress !

Les Intraterrestres surgissaient des kabanes, des planks, du raservoir, de l'uzine ; il en sortait de partout.

– Sontrétrémoch, pensa furtivement Dux.

Sans être aussi répugnants que le monstrodégueux qui s'était matérialisé, puis dématérialisé par le Portail, les sujets de Dux étaient effectivement assez laids, avec leur museau ridé, leurs yeux globuleux et leur crête rose.

– Yakmoikébo, pensa Dux avec fierté. Sépoursa que suilchef.

Car Dux s'imaginait particulièrement superbe – même s'il ne savait pas bien ce que ça signifiait, car les Intraterrestres ignoraient tout des miroirs ; en fait, chacun d'entre eux se pensait très beau, tandis que tous les autres étaient abominables. C'est sans doute pour cela qu'ils détestaient tant les choses identiques : supposer qu'ils puissent ressembler à ce qu'ils voyaient tous les jours les remplissait d'angoisse.

Du moins, c'est ce qu'on peut supposer ; de telles pensées, les Intraterrestres ne les formulaient jamais. De façon générale, des pensées, ils n'en formulaient d'ailleurs que très rarement. C'était plutôt des ordres, des cris, des grrrrrrr ou des rires gras (quand on volatilisait quelqu'un, par exemple).

– Toussanran par un ! hurla Dux. Et hop, au pachage !

– Chef, objecta Crux, toussanran par un, sépapossib.

Dux faillit se mettre en grrrr ; à vrai dire, il trouvait Crux très agaçant, à toujours critiquer, remarquer, pinailler. Un jour ou l'autre, il lui règlerait soncontt, et ce serait bien fait.

– Bon, alors, toussanran par plus. Et on fonce dans le pachage. Alézou !

Et, deux par deux (ou plutôt « plus par plus »), les Intraterrestres se jetèrent dans le vortex.

CHAPITRE 8

L'invasion du local à poubelles

– Au local à vélos !

– À la cave !

– Au local à poubelles !

Les triplettes avaient crié en même temps, bondi d'un même élan. Il fallut une demi-seconde à Alexis, Rosin et Hector pour les suivre, et une demi-seconde supplémentaire à Titouan Châtaigne pour les imiter à son tour – parce qu'il était empêtré dans le peignoir et qu'il hésita un instant à sortir de l'appartement en pantoufles.

Toutefois (et peut-être grâce aux cours de gym de Monsieur Malemort) il rattrapa sa seconde de retard en dévalant les escaliers pour rejoindre Louisa, Chloé et Mathilde qui se précipitaient vers le local dans lequel il s'était matérialisé un peu plus tôt.

Rappelons à toutes fins utiles qu'il est très imprudent de descendre des escaliers à toute allure et que, si néanmoins on le fait, mieux vaut éviter de se lancer en même temps dans une grande explication. Notre cerveau et nos poumons ne sont pas faits pour multiplier les activités intenses, et l'on risque de finir à bout de souffle ou le nez tout aplati, voire les deux. Cela étant, dans cette situation, l'urgence était telle que Titouan Châtaigne profita de cette course effrénée dans l'escalier, puis le couloir de la cave, pour demander aux triplettes :

– Mais, pouf, un vortex, pouf, mécanogala, pouf, pouf, pouf, mécanogalactique, le vortex, pouf, comment ça, pouf pourquoi faut-il pouf pouf pouf le refermer ?

– Un vortex mécanogalactique relie deux points, comme un couloir. Pffff, pfff, hmpffff, pffff, pfff, hmpffff. Si tu le laisses ouvert derrière toi, n'importe qui peut te suivre, pfff, pfff, pffff, hmpffffffffffffffff...

Vu leur cavalcade, il est difficile de déterminer laquelle des triplettes lui fit cette réponse, mais force est de constater qu'elle courait aussi vite que lui et respirait beaucoup mieux.

Quoi qu'il en soit, Titouan comprit soudain quelle terrible erreur il avait commise, et ce qui risquait fort de se trouver derrière la porte du local à poubelles.

Le monde des portes est fascinant. Il existe, on le sait, plusieurs musées de la porte, des collections, des articles, des journaux, des livres entiers consacrés à cet objet aussi usuel que merveilleux. On dit parfois qu'il faut qu'une porte soit fermée ou ouverte ; mais c'est ignorer qu'elle peut être entrouverte, entrebâillée ou mi-close ; c'est oublier qu'on peut l'ouvrir à la volée, la claquer, la prendre, la forcer, l'enfoncer même ; c'est méconnaître la véritable fonction de la porte qui, sans rien faire, par sa seule présence, crée un *dehors* et un *dedans*, un ici et un ailleurs, un côté et un autre côté.

Tout le temps qu'avait passé Titouan Châtaigne à cogner contre la porte métallique du vestiaire du pensionnat Grigoux, par exemple, lui avait appris que parfois une porte peut être un obstacle, voire une odieuse malédiction ; à l'inverse, la porte d'entrée de l'appartement de Rosin (une porte en bois toute simple et banale, il faut le dire) lui avait paru être le sas d'un monde merveilleux.

D'un point de vue pratique, la porte du local à poubelles ressemblait à la plupart des portes : elle avait des gonds, un cadre, un panneau, une poignée – et sans doute plein d'autres termes techniques comme « feuillure », « béquille » ou

« couvre-joint », dont nous n'avons guère l'utilité ici. Lourde, métallique, d'un vert un peu gris ou d'un noir un peu vert, bref, d'une couleur indéfinissable, elle ressemblait étrangement à celle contre laquelle Titouan Châtaigne s'était heurté au moment de quitter le vestiaire.
Oui, les deux portes se ressemblaient comme deux gouttes d'eau. À un détail près : la porte du sous-sol du pensionnat Grigoux était fermée à clé, et celle du local à poubelles ne l'était pas (sinon Titouan Châtaigne n'aurait pas pu en sortir un peu plus tôt). Et en cet instant même, la poignée de la porte du local à poubelles tournait, tournait lentement…

– Patouchassa, Crux, lança une voix aigrelette, une voix méchante et autoritaire que Titouan Châtaigne reconnut sur-le-champ comme celle de Dux.

– Mais Chef, c'est zuste une porte. Pareilkom la caverne z'aux sochettes.

– Ferm'ta gross'bouch, soldat Crux. Z'il est

interdictionné de tousser z'à la porte de la caverne aux sochettes, alors z'on pas touche à celle-là.

– Bin oui, chef Dux, mé le monstrodégueux partit par là…

– Z'on l'attendra, répondit Dux. Aussi longtemps qu'il faudra.

Il y eut un long silence. Titouan Châtaigne retenait son souffle, comme ses amis ; ces derniers le regardaient avec un brin de remords – car, s'ils n'avaient pas mis son récit en doute, ils s'étaient demandé un moment si toutes ces histoires d'Intraterrestres, de chaussettes et de vortex mécanogalactique n'étaient pas dues à beaucoup, beaucoup trop d'imagination. Et maintenant, ils devaient reconnaître que Titouan Châtaigne n'avait rien inventé : là, derrière cette porte, c'étaient bien deux Intraterrestres qui parlaient. Ou qui, pour l'instant, se taisaient.

– Si on s'en allait ? suggéra Hector dans un souffle inaudible. On les laisse là et…

– Ils s'en prendront au prochain qui passera

cette porte ! protesta Louise, l'œil étincelant (mais dans un quasi silence).

– Ça m'embêterait pour mes voisins, murmura Rosin tout, tout bas. Sauf si c'est Madame Chatard, du troisième, qui…

Mais soudain, derrière la porte du local à poubelles, la voix de Crux reprit :

– Sanbon, chef, hein ?

– Sanbon, sanbon. Sanpalasochette, mé…

– C'est ptêt un minerè ? Un minerè zinconnu ?

Pour toute réponse, Dux émit un grognement. Quelques minutes s'écoulèrent à nouveau, puis le premier Intraterrestre reprit :

– Je quand même mesdemande koiké dans cette groche boîte grise. Sanbon la sochette. Sanbon presque *meilleur* que la sochette.

– Rin de meilleur que la sochette, protesta le chef. Sa voix, toutefois, semblait moins dure qu'à l'accoutumée, comme s'il doutait de sa propre affirmation, comme s'il était lui aussi tenté par l'odeur qui émanait de la poubelle.

– Ptêt des sochettes *avec autre soche* ? insista Crux d'un ton plein d'espoir.

– Ptêteffectivement, admit Dux d'une voix étranglée.

– Ze va voir, chef Dux.

À nouveau, un silence, puis on entendit le grincement reconnaissable d'un couvercle de poubelle qui se soulève, et…

– Chef ! Chef ! Je crois que j'ai trouvé l'*Elmerdado* !

Il est malpoli d'écouter aux portes, tout le monde le sait, et tout le monde s'empresse de l'oublier dès que la possibilité d'écouter aux portes se présente ; mais cette nuit-là, c'est en écoutant à la porte que les triplettes, Titouan Châtaigne, Rosin, Hector et Alexis comprirent beaucoup de choses. Chez les Intraterrestres, une légende immémoriale clamait l'existence de *l'Elmerdado*, une ville tout entière construite de minerai précieux ; et plus encore, en découvrant *l'Elmerdado*, on pouvait accéder ensuite à la Terre du Dehors, elle-même peuplée d'endroits magiques nommées *Déjateries* ou *Déjetteries*, dans lesquelles on trouvait des mets encore plus succulents que les sochettes, et des matériaux encore plus résistants et pratiques que… eh bien, que les sochettes aussi. Pendant longtemps, les Intraterrestres avaient douté de cette légende et s'étaient contentés de la réalité (à savoir, qu'il fallait récupérer les sochettes orphelines en échange de pièces d'or).

D'un point de vue purement scientifique, Titouan

Châtaigne et ses amis n'apprirent pas cette nuit-là tout ce qu'il y avait à savoir sur les Intraterrestres. Il aurait fallu pour cela fouiller des archives, recueillir des témoignages, formuler des hypothèses, et il aurait fallu peut-être ensuite qu'une expédition dans l'Intramonde confirme la validité de celles-ci.

Comment expliquer, par exemple, que les Intraterrestres apportent des pièces d'or en échange de sochettes (pardon, de chaussettes) à Madame Mégère et pas au reste du monde ? Depuis quand ce trafic durait-il ? Par quel hasard, au cours de leurs pérégrinations, les Intraterrestres n'avaient-ils jamais découvert de porte de sortie vers *l'Elmerdado* – pardon, vers notre monde, ou en tout cas vers un local à poubelles ? Mais ces questions devraient attendre ; tout ce qu'apprirent Titouan Châtaigne et les autres cette nuit-là, ce fut à travers les conversations entre Crux et Dux. Puis entre Crux, Dux et Pallux. Puis entre Crux, Dux, Durux, Pallux, Mollux, Carux et Panglux.

Puis entre ces derniers et tout un tas d'Intraterrestres aux noms en *-ux*.

Car, apparemment, en passant par le vortex mécanogalactique, toute une armée était en train de coloniser le local à poubelles. Et plus cela allait, plus dans leurs rangs des voix s'élevaient pour faire remarquer que la porte, cette porte, n'avait pas l'air vraiment très fermée, vraiment très menaçante, et que c'était peut-être le seul obstacle qui séparait les Intraterrestres de la Terre promise, la *Déjetterie*.

– Mêmpassur qu'elle exiss, grommelait Dux.

– Okeussi, chef, elle exiss, répondait Crux. Surdesur, sinon, pourkwa la porte ? Z'on trouva *l'Elmerdado*, z'on trouvera la déjetterie !

– Ilaréson ! cria une voix dans le local à poubelles. Toussa la *Déjetterie* !

Dux brandit son sceptre, prêt à volatiliser l'impudent ; mais déjà, la masse grouillante des Intraterrestres s'était mise à hurler :

– Toussa la déjetterie !

– Toussa la déjetterie !

– TOUSSA LA DÉJETTERIE !

– TOUSSA LA DÉJETTERIE !

– TOUSSA LA DÉJETTERIE !

– Toussa la déjetterie !

– Toussa la déjetterie !

(ça s'entendait quand même de l'autre côté de la porte)

L'immeuble où vivait Rosin était calme, très calme. Malheureusement, il n'allait sans doute pas le rester longtemps.

– C'est Madame Chatard qui va pas être contente, murmura Rosin.

Les autres approuvèrent en silence, sombrement, et Titouan Châtaigne songea que bientôt le problème risquait de concerner non pas seulement eux-mêmes et l'irritable voisine du troisième, mais toute la ville – et pourquoi pas le pays, puis le monde entier.

Après plusieurs minutes, ils entendirent Crux déclarer :

– Alors, chef, z'on ouvre cette porte ?

– J'ai dit PAS TOUCHE z'à la porte ! s'égosilla Dux une nouvelle fois.

– Oké, chef, répondit Crux. Je pas la touche.

Titouan Châtaigne, qui avait gardé les yeux rivés sur le bouton de la porte dans la crainte de le voir tourner de nouveau, poussa un soupir soulagé.

Qui se figea dans sa poitrine.

Effectivement, la poignée resta immobile. Enfin, on peut le supposer – il y eut un claquement sec et, brusquement, toute la porte disparut dans un nuage de fumée.

CHAPITRE 9

Voisine vs intraterrestres

– Jiépatouché, fit la voix de Crux dans le nuage de fumée qui se dissipait. Z'avez dit patouche, et jiépatouché.

– Z'il me piqua mon patatiseur ! Mon patatiseur de le chef ! Je vais le…

– Minuta, coupa Crux. Si c'est le patatiseur de le chef, et si c'est je qui le z'avons, qui séti le chef ? Intérieurement, Titouan Châtaigne reconnut qu'il y avait là une certaine logique. Dux parut douter un instant. Mais il se ressaisit bien vite :

– Moi. Moimoimoimoi, le chef séti moi.

– Ça se discutaille, fit Crux d'un ton pensif. Est-ce que je z'on…

– Alerte moche ! Alerte moche ! hurla soudain un des Intraterrestres derrière eux. Monstrodégueux en approche !

Car si Dux et Crux, depuis que ce dernier avait fait disparaître la porte d'un seul coup de patatiseur, semblaient déterminés à se disputer la place de chef, les autres Intraterrestres – et ils étaient apparemment des milliers dans le local à poubelles – fixaient Louisa, Chloé, Mathilde, Rosin, Hector, Alexis et Titouan Châtaigne qui se tenaient dans le couloir.

Oubliant un instant leur querelle, Crux et Dux pivotèrent vers eux.

– Olalalakilsonmoch, glapit Dux.

– Volatiliser ! Volatiliser ! glapit Crux en brandissant l'espère de fourchette qu'il nommait un patatiseur.

Et franchement, devant l'armée de mini-monstres

au museau patibulaire qui grouillaient devant eux, Titouan Châtaigne, Alexis, Hector, Rosin, Mathilde, Chloé et Louisa crurent leur dernière heure arrivée. Il semblerait même que dans la tête de Titouan Châtaigne défila une étrange petite pensée qui disait, *zut, j'aurais bien aimé avoir un bisou de Mathilde avant de mourir volatilopatatisé dans d'atroces souffrances.* Mais ce n'est pas tout à fait certain.

Quelles qu'aient été les pensées des autres, tous étaient persuadés que c'étaient leurs *dernières* pensées. Lorsque soudain, dans l'escalier au-dessus d'eux, une voix perçante retentit :

– Mais qu'est-ce que c'est que ce bazar ? Je vous y prends, à rôder ! Vous n'avez rien à faire ici, espèces de petits voyous !

Madame Chatard descendait l'escalier, un sac poubelle à bout de bras et Archibald, son caniche nain, sous le coude. Son visage trop maquillé exprimait toute la rage, tout le mépris et toute la colère d'une personne qui détestait, haïssait, exécrait ses voisins, leurs enfants, les jeux d'enfants, le bruit, le mouvement, la joie, les cris et les rires.

En apercevant Madame Chatard, Titouan Châtaigne fut frappé par sa ressemblance avec Madame Mégère. Il existait des similitudes frappantes entre l'expression des deux femmes, dans le pli cruel de leurs sourcils, dans les étincelles de leurs yeux.

– Ossecour ! fit la voix étranglée de Crux derrière Titouan Châtaigne. Une autre harmégère !

– Sortélékado ! glapit Dux.

Titouan Châtaigne comprit que le chef (ou l'ancien chef) des Intraterrestres ordonnait à ses troupes de sortir des cadeaux ; c'était le terme, se souvint-il, que Dux avait utilisé pour décrire la pièce d'or laissée par les créatures en échange de chaussettes sales.

– Z'on n'a padkado, geignit un Intraterrestre derrière lui.

Ce fut à cet instant que Madame Chatard aperçut la cohorte d'Intraterrestres.

– Mais qu'est-ce que c'est que ces…

On sait que plus une personne déteste les enfants (et leurs parents, et le bruit, et les rires, etc.), plus elle aime les bêtes, et en général une et une seule bête ; et on sait aussi que la plupart du temps ladite bête est minuscule, affreuse, méchante, avec une haleine d'alien mangeur de globulax. C'était bien entendu le cas de Pimpesouée Chatard avec son odieux roquet Archibald, qu'elle gardait en permanence sous le coude, au point qu'on se demandait parfois si le pelage verdâtre de l'animal n'était pas une étrange touffe de poils poussée là par hasard.

Or, quand Madame Chatard aperçut les Intraterrestres, dont le moins affreux faisait ressembler le caniche Archibald au premier prix d'un concours de beauté canine, son expression changea du tout au tout ; elle fondit littéralement en un immense sourire. (Et non, ce n'était pas beau à voir).

– Ooooooh mais keusonmeugnoooooooon… oh mais kesséksa… ooooh, oooh, son croooooomeugnooooooooooooon !

– Z'elle parla notre langue, Dux, lança Crux du coin de la bouche. Z'elle nous trouve meugnons.

– Oooooooh meukesséjoli cette petite touffe roooooooose !

Effectivement, la crête qui ornait le crâne des Intraterrestres était du même ton affreux que le peignoir de Madame Chatard. Celle-ci se précipita au bas des escaliers, bouscula sans ménagement Titouan Châtaigne et ses camarades (et flanqua même au passage un coup de sac poubelle dans le nez de Rosin) pour tomber à genoux devant les créatures désemparées, s'empressant de caresser leur crâne et leur nez en forme de tubercule.

– Ellepubon, remarqua Dux. Cébizar, z'on dirait un parfum de sochette avec du pabon dessus, comme du savon ou de la lessive. Mais y'a quand même une odeur de sochette…

– Et zella des kados, murmura Crux. Toutun sac de kados. Du minerè de *l'Elmerdado* !

Les Intraterrestres se figèrent dans une posture d'adoration, se laissant caresser sans réagir, en souriant même. Et les sourires des Intraterrestres étaient presque aussi abominables que celui de Madame Chatard.

À part celui de Crux.

Parce que Crux ne souriait pas. Il regardait Titouan Châtaigne avec dans ses petits yeux globuleux une lueur étrange.

Sa main se crispa sur le patatiseur.

Crux n'était sans doute pas un Intraterrestre comme les autres – encore qu'il aurait fallu sonder les autres pour en être sûr.

Pendant de longues années, Crux avait travaillé de concert avec Purux. Celui-ci était devenu pour lui un ami, ou du moins ce qui chez les Intraterrestres passait pour un ami. Ensemble, semaine après semaine, ils avaient emprunté le vortex mécanogalactique pour se rendre dans la Caverne où s'entassaient les délicieuses sochettes. Pour Crux, cette Caverne renfermait toute la beauté du monde ; il ne pouvait s'empêcher de l'admirer, d'en rêver la nuit. Si les Intraterrestres avaient un paradis, c'est dans la Caverne que Crux aurait voulu se retrouver après sa mort.

Dans la Caverne, on trouvait les plus belles sochettes – puantes, humides, roulées en boule, de toutes les formes et de toutes les tailles. Et il y en avait à profusion. Purux et lui les ramenaient à Intraville, où elles seraient transformées dans la zusine.

C'était une tâche importante, très importante même. Les autres Intraterrestres n'avaient le droit d'emprunter un vortex mécanogalactique que de temps à autre – et c'étaient des vortex primitifs, peu fiables, qui ne permettaient guère d'emporter que deux ou trois sochettes orphelines à chaque voyage. Dans la Caverne, c'était différent : Crux et Purux faisaient du *comèrss* ; ils ramassaient souvent plusieurs dizaines de sochettes, et leurs offrandes tenaient en respect la harmégère qui veillait sur les lieux.

Et puis, hier, tout avait changé. Certes, Purux avait eu tort de goûter à une sochette dans la Caverne (c'était formellement interdit) ; et certes, ils avaient peut-être eu tort de fuir la Caverne à cause d'un bruit étrange qui les avaient effrayés. Mais Dux avait patatisé Purux, et même s'il avait beaucoup ri sur le moment (le jeu d'iléla – ilépula, c'est toujours rigolo), il s'était demandé par la suite si ce n'était pas un tout petit peu injuste.

Le concept d'injustice était complexe, et pas facile à comprendre pour un cerveau d'Intraterrestre ; mais Crux avait ressenti une grosse *grrrrrr*, et il avait pensé qu'un jour, il piquerait le patatiseur à Dux. Ce qui venait de se produire.

Cela dit, Crux oubliait vite sa *grrrrr* devant des événements amusants ou distrayants. Ainsi, l'arrivée de la nouvelle harmégère avec ses cadeaux et des déjets lui avait ôté de la tête toute pensée de volatilopatatisation.

Toutefois, à présent, l'harmégère caressait d'autres Intraterrestres, et Crux se remit à penser à son patatiseur.

Avoir un patatiseur fait-il de vous le chef ? Pas sûr. Pour être le chef, il faut posséder le patatiseur *et avoir l'intention de s'en servir.* Aussi Crux se mit-il à réfléchir à ce qu'il allait pouvoir maintenant volatiliser. Dux, par exemple. Ç'aurait été rigolo de jouer ilépula avec le chef Dux qui, il faut bien l'avouer, était particulièrement agassan. Mais bon, c'était le chef, alors…

Le regard de Crux tomba sur Titouan Châtaigne. Bien entendu, il ne savait pas que cette créature s'appelait Titouan Châtaigne. Il ne savait même pas ce qu'était un *petit garçon*. Ce qu'il savait, en revanche, c'était que c'était un être répugnant, d'un rose dégoûtant et certainement *propre*. Et cet être répugnant, Crux l'avait déjà vu : il se dissimulait derrière les réserves de sochettes, sans doute pour les leur dérober.

Ce simple fait méritait une volatilisation immédiate, et il brandit son patatiseur. Mais à côté de Titouan Châtaigne, Crux découvrit une brochette d'autres monstrodégueux et il hésita une seconde. Ses yeux globuleux pivotaient sur eux-mêmes, parcourant du regard leur faciès immonde. Et soudain, ils se figèrent.

Trois des monstrodégueux étaient parfaitement semblables. Trois. Trois. Troitroitroitroitroi...
On le sait : les Intraterrestres ont une sainte horreur des paires. Parce qu'ils ne supportent pas eux-mêmes l'idée de ressembler à un autre, toutes les choses identiques provoquent chez eux un dégoût physique ; c'est pour cela qu'aller fouiller la Caverne et débarrasser les divines sochettes de leurs odieuses jumelles était un travail particulièrement malaisé et réservé aux sujets d'élite. Mais *trois* choses identiques, c'était abominable.
Crux décida instantanément de patatiser ces trois monstrorribles.

– Ouimé, pensa-t-il, commensé par lakel ? Cellela, ou cellela qu'est pareille, ou cellela qu'est pareillossi ?
Il en était là de sa laborieuse réflexion quand Archibald, le caniche de Madame Chatard, lui planta ses crocs jaunâtres dans le nez.

*

Archibald le caniche avait deux états d'esprit : « de mauvaise humeur » et « de très mauvaise humeur ». Comme si à force de le transporter sous son coude en permanence, sa propriétaire lui avait transmis toute sa méchanceté, il détestait les gens, grands et petits, les autos, les oiseaux, les papillons, l'herbe, les trottoirs, les poubelles, le vent, les facteurs, le bruit des bus et des sonnettes, les… Stop.

Pour aller plus vite, faisons la liste de ce qu'Archibald-le-caniche ne haïssait pas :

1 - manger

2 - dormir

3- pas de 3.

Archibald-le-caniche tolérait Madame Chatard (c'est-à-dire qu'il ne la mordait que rarement) parce qu'elle lui donnait quotidiennement à 1, en qualité et quantité respectables, et que chez elle, il pouvait 2 – non pas dans un panier ni sur un coussin, dans un lit, un vaste lit aux draps soyeux entièrement réservé à son usage, un lit devant lequel, s'il l'avait vu, Titouan Châtaigne aurait bavé d'envie.

Bref, pour Archibald le caniche, Pimpesouée Chatard était une sorte de déesse.

Méchante, possessive, envahissante, mais une déesse quand même.

Aussi le fait de voir sa déesse-propriétaire caresser des créatures non identifiées le mit de très mauvaise humeur.

D'accord, ces trucs-là avaient une odeur intéressante, mais il n'allait pas se laisser piquer sa place.

Et de toute façon, par principe, il les détestait.

Sans bouger du creux du coude de Madame Chatard où il était installé du soir au matin (à part pour 1 et 2 ainsi que pour 4, mais nous n'en avons pas parlé par pudeur), Archibald le caniche profita d'être à la bonne hauteur pour mordre la première créature qui lui passait sous le museau.

– Aïeaïeaïe, z'il me dévore ! hurla Crux.

– Alerte alerte, Cruxseféboufffé ! vociférèrent en chœur les Intraterrestres.

Et, dans un gigantesque mouvement de panique, ils se précipitèrent tous vers le vortex mécanogalactique au fond du local pour s'y engouffrer et disparaître en masse, d'un seul coup.

– Mais où allez-vous, mes mignons ? s'écria Madame Chatard en s'élançant à leur poursuite.
Et à son tour elle tomba dans le vortex. Il y eut juste un petit *plop*, puis plus rien.
D'un pas prudent, Titouan Châtaigne et ses amis s'avancèrent dans le local à poubelles. À part les poubelles, donc, et les vélos, celui-ci était entièrement vide.

– On est sauvés ! s'exclama Rosin.

CHAPITRE 10

Il faut sauver la voisine Chatard

– Ne chante pas victoire trop vite, déclara Louisa à Rosin.

– Surtout si c'est juste pour le plaisir de terminer un chapitre sur un point d'exclamation, murmura Chloé.

– Pardon ? Mais qu'est-ce que tu racontes ? répliqua Rosin, piqué au vif. Est-ce que tu insinues que…

– Ce n'est pas l'important, le coupa Mathilde. Ce qui compte, c'est que ces créatures et Madame

Chatard ont disparu dans le vortex mécanogalactique, mais qu'elles peuvent revenir à tout moment.

– Sauf si la voisine bouche le vortex, suggéra Hector avec un brin d'espoir. Avec son énorme…

– Nous ne pouvons pas la laisser là ! l'interrompit Titouan Châtaigne, qui avait un grand cœur.

Alexis soupira :

– Je suis d'accord avec Titouan. La seule solution, c'est qu'on y aille. Advienne que pourra.

Et il se dirigea vers le vortex mécanogalactique.

Chloé le retint par le bras :

– Attends une seconde ! Est-ce que ça ne vaudrait pas le coup de réfléchir cinq minutes avant d'y aller ?

Bien que peu enthousiastes, les garçons acceptèrent cette suggestion.

– Que savons-nous du vortex mécanogalactique ? demanda Louisa. Si l'on se fie au numéro de septembre de *Junior Jones de l'espace*…

– … que je n'ai toujours pas lu, interjeta amèrement Titouan Châtaigne.

– … si l'on s'y fie, donc, nous savons que :
1) le vortex mécanogalactique crée un couloir entre deux dimensions,
2) ce couloir relie l'endroit que l'on quitte à l'endroit où on veut aller,

– Tu l'as déjà dit, fit remarquer Rosin, un tantinet sournois.

– Et je récapitule, se défendit Louisa. Donc, en 3), nous savons qu'en venant ici, Titouan a fait basculer le vortex ; celui-ci reliait le vestiaire à Intraville, et relie maintenant Intraville à ce local à vélos, dont la porte a disparu. Ce qui risque soit dit en passant de valoir quelques ennuis à Rosin.

On sentait une pointe de perfidie dans les propos de Louisa, aussi ce fut Mathilde (la plus douce et la plus gentille des triplettes, avait toujours pensé Titouan Châtaigne) qui poursuivit :

– Quoi qu'il en soit, il faut aller chercher Madame Chatard. Ensuite, nous refermerons ce vortex.

– Très bien. Au fait, comment fait-on ? demanda

Titouan Châtaigne, plein d'espoir. Vous ne me l'avez toujours pas dit.

Une lueur d'hésitation apparut sur le visage de Mathilde.

– C'est-à-dire que… le numéro de septembre de *Junior Jones de l'espace* ne le précise pas. Ou plutôt si : c'est 7L-LABest, l'ordinateure, qui repère les coordonnées du vortex mécanogalactique et les modifie pour délivrer Junior Jones du trou noir où il est tombé.

– Ben voilà ! s'écria joyeusement Alexis. On trouve les coordonnées du vortex mécanogalactique et… Au fait, c'est quoi, les coordonnées d'un vortex mécanogalactique ?

Le silence des autres, des triplettes en particulier, lui fit comprendre que personne n'en avait la moindre idée.

– Alors qu'est-ce qu'on fait ? demanda Hector.

Titouan Châtaigne réfléchit très vite, se repassant les données du problème. Ça lui rappelait une énigme avec une chèvre, un loup, un chou, un paysan et une barque qu'il avait lue dans un livre. En y repensant, il suffisait de…

– Exactement, conclut Louisa, qui était arrivée à la même conclusion (un tout petit peu plus vite, mais si peu que ça ne vaut pas la peine de le signaler).

– Et il faut agir très vite, précisa Chloé.

– Pourquoi ? demanda Hector. On devrait peut-être prendre le temps d'aller chercher des armes pour nous défendre…

– Ou du gâteau au chocolat de ma mère, compléta Rosin. Il en reste, je crois.

– Hors de question, trancha Louisa. Madame Chatard est au milieu des Intraterrestres, sans défense…

– Tout de même, elle a Archibald, glissa Hector.

– Et sa voix, aussi, ajouta Alexis.

– Madame Chatard est au milieu des Intraterrestres *presque* sans défense, corrigea Louisa. Quoi qu'il en soit, nous devons voler à sa rescousse.

– Comme Junior Jones de l'espace ! s'écrièrent en chœur Hector, Rosin, Alexis et Titouan Châtaigne.

– … ou comme 7L l'ordinateure quand elle va au secours de Junior Jones, murmurèrent les triplettes en échangeant un coup d'œil complice.

Et les sept amis plongèrent à leur tour dans le vortex mécanogalactique.

⁂

– Archibald ! Archibaaaaaaaaaaaaaald mon doudouchou ! Reviens, tu vas te faire du mal !

Madame Chatard courait à perdre haleine (mais pas bien vite, avouons-le) sur l'immense plage d'Intraville, sans paraître remarquer les étranges amas de chaussettes qui l'entouraient. Archibald, son caniche, lui avait échappé à peine débarqué dans cet étrange paysage. Les Intraterrestres étaient en pleine débandade, tentant de ne pas se faire écraser sous les escarpins de la dame boulotte tout en fuyant le caniche lancé à leurs trousses.

Cela faisait une éternité qu'Archibald ne s'était pas déplacé autrement qu'au bras de Madame Chatard, et il se rendit bien vite compte que marcher dans du sable, même à quatre pattes, était un effort épuisant. Pour tout dire, il ne fit que quelques bonds avant de rouler en avant, museau dans le sable, et de demeurer là, haletant, la langue dehors et la tête qui tournait.

– Mon rougnougnou d'amour, mais qu'est-ce qui t'as pris… roucoula Madame Chatard en rejoignant son cabot et en le prenant dans ses bras. Elle tirait la langue presque autant que lui, mais entreprit sur-le-champ de lui faire un grrrrros câlin. C'est dans cette posture que Titouan Châtaigne et ses amis les trouvèrent. Quant aux Intraterrestres, ils avaient disparu : ils se cachaient, probablement dans les piles de sochettes puantes.

– Madame Chatard ! cria Rosin. Par ici, Madame Chatard !

Ils n'osaient s'éloigner trop de la bouche du vortex mécanogalactique de crainte de se perdre ; car il faut le préciser, l'entrée du vortex n'était pas immense et, comme Titouan Châtaigne en avait fait la cruelle expérience, on avait tôt fait de la perdre de vue (même si le vortex s'était avéré capable d'engloutir des masses aussi imposantes que, mettons, Madame Chatard).

Ladite Madame Chatard leva la tête.

– Tiens, c'est le morveux du dessous et sa bande de voyous ! lâcha-t-elle d'un ton méprisant. Qu'est-ce que vous fichez ici, petits insolents ?

Puis elle regarda autour d'elle ; ses sourcils peints remontèrent vers le haut de son front, comme si elle remarquait pour la première fois quelque chose de bizarre. Il faut dire qu'avec son ciel bleu pissouille, ses nuages affreux et ses collines de sochettes sèches schlinguantes – sans compter les miyers, voire les miyons d'Intraterrestres terrifiés qui se cachaient derrière les barakes et l'uzine – l'Intramonde était, effectivement, particulièrement bizarre.

– Et d'ailleurs, où sommes-nous ? murmura Pimpesouée Chatard

Rosin voulut répondre :

– Nous sommes chez les Intra…

– C'est un rêve, Madame Chatard, s'empressa de la couper Chloé. C'est un rêve, you-hou ! Nous sommes trois fées, les trois fées gouttelettes ! Venez vous ébattre avec nous au pays magique de l'enfance !

– Mais qu'est-ce que tu racontes ? lui glissa Louisa du coin de la bouche.

– Je n'en sais rien, j'improvise. Aidez-moi un peu, vous autres ! Dansez !

Ses deux sœurs se mirent à danser, bientôt imitées par les garçons. D'un ton hésitant, Titouan Châtaigne se mit à chanter :

Madame Chatard, Madame Chatard,

Il est très tard,

Vous allez être en retard, Madame Chatard,

Venez dormir jusqu'à ce soir, Madame Chatard…

– Jusqu'à ce soir ? caqueta la voisine. Il ferait beau voir que je dorme toute la journée !
Néanmoins, elle s'était avancée vers le petit groupe et les contemplait d'un air incrédule. Archibald ne trouvait même plus la force de grogner.

Vos yeux sont lourds, vos yeux sont noirs,
Madame Chatard,
Vos yeux se ferment il est très tard…

– Je n'ai pas les yeux fermés du tout ! protesta Madame Chatard. Je dirais même que…
Mais Alexis, en dansant, avait contourné la voisine. Quand il fut derrière elle, et quand elle se trouva assez proche, il la poussa des deux mains, de toutes ses forces, et pour la deuxième fois en l'espace de quelques instants, elle fut avalée par le vortex mécanogalactique.
Qui émit tout de même un gémissement de protestation.

– Qu'est-ce qui se passe ? Il fait noir ici. Où suis-je ?

Péniblement, Madame Chatard se mit à quatre pattes, puis à genoux, puis debout. Elle aperçut la lueur de l'interrupteur à quelques pas d'elle, et appuya dessus. Quand la lumière revint, elle regarda autour d'elle et distingua six vélos, un container et le sac poubelle qu'elle venait de descendre. Tout était normal, à l'exception des images qui se précipitaient dans sa tête, des images de jolies petites bêtes avec des touffes roses, puis une plage, un ciel étrange, et encore ces garnements qui…

– J'ai dû rêver, murmura-t-elle. Il ne faut pas qu'on se lève aussi tôt, hein, mon Archibounet d'amour ?

Et elle remonta l'escalier sans même remarquer que la porte du local à poubelles avait disparu.

Dans ses bras, le caniche dormait toujours. C'était sa deuxième chose préférée au monde. En plus, il rêvait qu'il faisait la première : il mangeait. En tout cas, dans son sommeil, il mâchonnait quelque chose. Encore sous le coup de l'émotion,

Pimpesouée Chatard ne s'en rendit même pas compte : elle ne vit pas l'étrange touffe rose qui dépassait des crocs jaunâtres de son affreux cabot.

– Elle était grave pourrie, ta chanson, Titouan, fit Rosin.

– Pas du tout, rétorqua Mathilde. Moi, je l'ai trouvée inspirée. Naïve, mais inspirée.

Titouan Châtaigne ne répondit rien, un peu honteux et un peu fier à la fois. Il y eut un silence, puis Alexis demanda :

– On reste là longtemps ?

– Encore un petit peu, répondit Louisa. Pour laisser le temps à Madame Chatard de rentrer chez elle.

– Tu es sûre ? insista Rosin.

– Puisqu'elle te dit qu'on attend, répéta Chloé.

– Oui, mais quand même, hasarda Hector d'une petite voix. Ils sont là. Ils nous entourent. Ils sont très, très nombreux.

Effectivement, une fois Archibald et sa maîtresse disparus, les Intraterrestres avaient refait surface. Ils s'avançaient maintenant vers les sept amis d'un air menaçant.

– Sus aux monstrodégueux ! lança une voix.

– C'est des toumoch ! Z'ilfo les volatiliser ! Ouké mon patatiseur ? cria Crux.

– *Mon* patatiseur, tu disas ? tonna Dux.

– Je crois, résuma Titouan Châtaigne en se tournant vers ses camarades, qu'il serait prudent de songer à battre en retraite dans les plus brefs délais.

– Il a dit quoi ? demanda Rosin.

Ce fut Louisa qui répondit :

– Il a dit : on se tire !

Quelques secondes plus tard…

Non : quelques fractions de secondes plus tard…

Non : quelques milliardièmes de fractions de secondes plus tard (et même peut-être un peu moins que ça), Louisa, Alexis, Chloé, Rosin,

Hector, Mathilde et Titouan Châtaigne se matérialisèrent dans le local à poubelles parfaitement désert et parfaitement tranquille.

– Vite ! s'écria Mathilde. Il faut repartir d'ici avant que les Intraterrestres n'aient le temps d'emprunter le vortex mécanogalactique.

La phrase en elle-même dura nettement plus que quelques fractions de secondes ; mais juste après l'avoir prononcée, la plus jolie des triplettes (même si elles se ressemblaient vraiment beaucoup) s'aperçut qu'ils n'étaient que six dans le local à vélos.

– Titouan ? Où est Titouan ?

Titouan Châtaigne avait disparu.

CHAPITRE 11

Les vacances de Titouan Châtaigne

Le vent était doux. L'air embaumait des senteurs inconnues, chaudes, sucrées. Un soleil paresseux se glissait entre les arbres exotiques. Titouan Châtaigne quitta ses charentaises, ôta son peignoir. S'il avait osé, il aurait retiré aussi son short et son T-shirt de gym, qui ne devaient pas être très propres.

Il se trouvait sur une plage, face à une mer turquoise dont les rouleaux venaient paresseusement lécher le sable clair. Des oiseaux lançaient des cris inconnus et, à quelque distance du rivage, Titouan Châtaigne vit sauter un dauphin.

– Pas mal, songea-t-il.

C'était la première fois qu'il se servait d'un vortex mécanogalactique, ou en tout cas la première fois qu'il en empruntait un en tentant de le maîtriser.

Qu'il en *pilotait* un, pour ainsi dire. Comme Junior Jones de l'espace, et même mieux que lui : Titouan Châtaigne n'aurait pas besoin de l'intervention de 7L-LABest pour rejoindre sa base galactique. Ou plutôt ses amis.

Au moment où, à Intraville, Titouan Châtaigne avait plongé dans le vortex mécanogalactique, une pensée lui avait traversé l'esprit : *je dois y aller seul.* Rien n'assurait, en effet, que le vortex fonctionnait réellement comme le suggérait le numéro de septembre de *Junior Jones de l'espace*. Il fallait que quelqu'un tente de l'utiliser à nouveau pour abolir le couloir reliant Intraville au local à poubelles ; mais ce *quelqu'un* ne devait pas être sept personnes. C'était inutile, et surtout très risqué.

Et puis, avouons-le, Titouan Châtaigne avait un tout petit peu envie de se montrer héroïque. Surtout devant Mathilde.

À peine avait-il senti sous ses pieds le sol du local à vélos qu'il s'était efforcé de penser à sa prochaine destination.

Une plage. Une plage paradisiaque. Une plage d'une île parfaite.
Et il avait réussi.
Titouan Châtaigne regarda autour de lui, huma encore une fois l'air du large, sourit, puis fit un pas en arrière. Et disparut.
Loin, très loin sur la plage, un petit groupe de touristes resta longtemps immobile, à contempler éberlués l'endroit où un garçon avait apparu et disparu en l'espace de quelques secondes.

– TITOUAN CHÂTAIGNE ! COMMENT AS-TU OSÉ…
Mais la voix de Mathilde se brisa et, au lieu de continuer à lui crier dessus, elle le prit dans ses bras et le serra fort, très fort contre elle.
Après un moment de gêne, les autres l'imitèrent.
– Bravo, Titouan ! Tu as détourné le vortex ! Tu nous as mis à l'abri des Intraterrestres ! Le monde, ou au moins le pays, ou au moins la ville, ou au moins l'immeuble, est sauvé !

Les éloges réchauffaient le cœur de Titouan Châtaigne. C'était sans doute à cause de ça qu'il avait le visage tout rouge, et pas du tout parce que Mathilde l'avait serré fort sur son cœur.

– Regarde ce qu'on a trouvé en t'attendant ! s'exclama Louisa.

Elle tenait entre deux doigts une espèce de petite fourchette à deux dents.

– Le patatiseur ! murmura Titouan. Fais attention avec ça, Louisa, je ne sais pas comment ça marche…

– Fais-moi confiance, je ne vais pas l'utiliser, répondit-elle en le fourrant dans sa poche. Je le jetterai à la poubelle dès que nous serons chez Rosin. Dites, les amis, ça vous dirait de boire un chocolat avant d'aller dormir ?

Le jour était levé depuis belle lurette, mais après la nuit qu'ils venaient de passer, les sept amis méritaient bien une grasse matinée.

– Il reste du gâteau ? demanda Alexis d'une voix pleine d'espoir.

Quand ils furent installés dans la chambre de Rosin, avec chacun une tasse fumante et un morceau de gâteau au chocolat, au moment où chacun se demandait comment annoncer aux autres qu'il n'avait qu'une envie, celle de dormir quelques heures à poings fermés, Titouan Châtaigne releva la tête et sourit. Il lui restait encore une bonne nouvelle à annoncer à ses amis.

– Vous savez quoi ? Demain, on va tous à la plage !

Remerciements

Après un départ raté à cause d'une porte qui n'en finissait pas de disparaître et de réapparaître, ce roman a été écrit entre le 29 août et le 2 septembre 2016 puis relu et retouché en octobre, novembre et décembre, parce que certaines éditrices trouvaient les Intraterrestres tellement meugnons qu'elles z'en voulurent davantage.

Je l'avais promis à mon neveu Titouan, pour me faire pardonner du fait que son nom n'apparaisse pas dans un petit livre intitulé *Petit dernier.* J'ai eu tellement honte de cet oubli qu'en guise de pénitence, je me suis obligé à taper à chaque fois en toutes lettres les mots « vortex mécanogalactique » et « intraterrestres » ainsi que les prénoms des héros, à l'exception de celui de Titouan Châtaigne. Ça fait très mal aux poignets.

Je l'ai écrit en pensant aux auteurs qui ont bercé mon enfance par leur immense imaginaire et leur style impeccable – Enyd Blyton, Georges Chaulet et Jules Verne, puis Roald Dahl, Erich Kästner et Alan Coren, et plus tard Virgil Tanase, Thomas Berger (l'auteur de *Mémoires d'un visage pâle*) et Terry Pratchett. Je me dis que la voix qui se construit dans la tête pour nous lire le monde dépend beaucoup de la richesse de ces accents primordiaux.

Je remercie Laurence et la géniale équipe des éditions Talents Hauts pour ces dix ans et plus de complicité et de conseils avisés. Merci à ma famille pour le rire et les larmes et la douceur et la chaleur – et merci à toivous d'avoir lu jusque-là, mais sépatoussa, il en reste un peu encore…

Postlude

– Zilatoupété notre pachage !

Bras ballants, Dux regardait l'endroit où jusqu'à récemment s'était trouvée l'entrée du vortex mécanogalactique.

– Pagrave, Chef, le rassura Crux. Des pachages, zonana déta.

– Mépahossitrébien, gémit Dux.

Crux ne répondit pas. Décidément, le chef Dux commençait à le pas mal zagasser.

– Faut que z'on retrouve les monstrodégueux,

fit une voix derrière eux. Et que z'on se venzanche.
« Venzanche » était un mot compliqué à prononcer pour un Intraterrestre ; mais cet Intraterrestre-là – un grand costaud trétrélé, du nom de Carux – y arrivait du premier coup.
Comme galvanijés par son exemple, les autres Intraterrestres se mirent à scander :

– Venzanche !

– Venzanche !

– Venzanche !

– Venzanche !

– Zondiré ben konéparti pour d'autres zaventures, pensa Crux.
Et il avait peut-être raison.

Table des chapitres

Dans la même collection

ZAZOU

Flopsy

Fred Dupouy
ill. Lucie Maillot

Aussi loin qu'il s'en souvienne, Flopsy, petit lapin blanc et noir au museau rose, a toujours eu la belle vie. Des carottes fraîches à volonté, tout l'amour d'Alex, son petit maître, et la liberté de faire, de temps en temps, ses besoins dans les chaussures de Claire, la grande sœur ! Jusqu'au jour où un intrus débarque dans l'appartement : un chien ! Désormais, Flopsy n'a qu'un objectif, faire mettre à la porte l'affreux cabot ! Cela devrait être facile : qui pourrait imaginer que le méchant est cette adorable boule de poils blancs ?

Achevé d'imprimer en Bulgarie par Pulsio